中国书籍文学馆·微小说卷

俗眼

吴作望 著

中国书籍出版社
China Book Press

图书在版编目（CIP）数据

俗眼/吴作望著.—北京：中国书籍出版社，2013.7
ISBN 978-7-5068-3543-5

Ⅰ.①俗… Ⅱ.①吴… Ⅲ.①小小说—小说集—中国—当代 Ⅳ.①I247.8

中国版本图书馆 CIP 数据核字（2013）第 122251 号

俗　眼

吴作望　著

策划编辑	武　斌　陈　武
责任编辑	成晓春
责任印制	孙马飞　马　芝
出版发行	中国书籍出版社
地　　址	北京市丰台区三路居路 97 号（邮编：100073）
电　　话	（010）52257143（总编室）（010）52257153（发行部）
电子邮箱	chinabp@vip.sina.com
经　　销	全国新华书店
印　　刷	北京中华儿女印刷厂
开　　本	640 毫米 × 960 毫米 1/16
字　　数	200 千字
印　　张	15.5
版　　次	2013 年 9 月第 1 版　2019 年 4 月第 2 次印刷
书　　号	ISBN 978-7-5068-3543-5
定　　价	42.00 元

版权所有　翻印必究

总　序

记得日本当代小说家阿刀田高把微小说比喻为"有礼貌"的体裁。大致意思是，读一篇优秀的微小说，在没有花费多少时间的情况下，能让读者会心一笑，或别有感触，那这篇作品就很有礼貌了。如果你花费几天甚至个把星期，读一部庸俗的长篇，恐怕就难免会为时间的浪费而感到愤懑。

我很欣赏阿刀田高的话，在读过他的四册一套的《黑色回廊》后，更觉得他是一个"有礼貌"的天才微篇小说大师。

目前，微小说越来越受到读者的追捧，主要原因，就是一个"短"字。短，是微小说最大的优势和特色，读者在有限的时间内，欣赏到一篇有趣的文学作品，那种愉悦和欣喜，就像喝一杯雨前龙井新芽，而且用的也是龙井泉水，入口浓香，直透肺腑，回味悠长。

但是，老实说，我对现在的微小说现状，并不甚满意，从大趋势来讲，和二十多年前相比没有什么发展，不仅形式上，就是创作技巧和思想深度方面，也鲜有突破，而且也看不出有突破的迹象。更让人忧虑的是，一些以微小说成名的作家，其作品不但迎合了报纸的需求和市场的需要，变得毫无个性和特质，还给后来者造成一种误读和假象，以为微小说就是这种模式，进而变得不思进取，不求创新，不求突破，追求的仅仅是一篇篇在各类晚报（生活类报纸）和故事类杂志的亮相，以篇数来自慰，以此在微小说界"擦亮"自己的名字，成为微小说"大家"，然后再沾沾自喜地包装几本作品集，就可以游刃有余"混迹"江湖了。

我个人觉得，微小说是一种特殊的文体（尽管有人说，微小说不是小说，就像"白马非马"的理论一样）。所谓特殊，一来它要具有小说的特性，二来，在篇幅上有所限制。正是这种特殊的属性，才阻碍了微小说的发展。众所周知，微小说的主要园地，是各类报纸的副刊，而副刊是不愿意发表三千字以上小说作品的，怎么办？作家们只好削足适履，把作品压了再压，最后弄成干巴巴的小段子，或抖个包袱，或告诉一个蹩脚的"道理"，让人读后哭笑不得。可悲的是，大部分作者认为这就是微小说的"经典"，照模式进行"流水"作业。多年来，微小说，就是这样走过来的。

微小说市场之所以存在而且日益扩大，有许多大家心知肚明的原因，在此我不想多说。但作为微篇的小说写作者，如果一味地跟着市场转，以某篇作品作为高考试题或得个副刊的什么奖为荣，那就是悲剧了。以我接触这类副刊多年的经验，可以不客气地说，各种晚报副刊上的微小说，大都是不成熟的，或称不上是"小说"的，更谈不上福克纳所说的"我管什么读者。我引导读者"。一个好的微小说作家，他应该在遇到一个微小问题时，可以无限放大，可以敏锐地感觉到，头上被一片树叶砸中了，多年后，还会有疼痛感；而把文学意趣传递给读者的，也应该是这样的疼痛。疼痛才是经验。

鉴于此，我们推出了一套"中国书籍文学馆·微小说卷"，入选的作者，在中国微小说界都是颇有建树的名家，他们的作品，特色鲜明，个性突出，一直以来，都深受读者的喜爱。希望他们的作品，能够换起广大读者对微小说的信心。

编　者

目录

第一辑·俗眼

半瓶酒 / 003
给男人设个鸟套 / 006
恫吓信 / 009
抵债的垃圾 / 011
狗兄要"回报" / 015
官　宴 / 018
可怕的邻居 / 020
筒子楼的"新闻" / 023
白　送 / 026
俗　眼 / 029
外财难富 / 031
倒霉的绑架者 / 033
为贪官叫屈 / 035
归元寺的161号 / 038
祖传秘方 / 041
谁是福儿 / 044
老诸家的电话 / 046
怀念那只苍蝇 / 048
老婆藏"金"记 / 050
大狗婚姻介绍所 / 052
长在树上的港币 / 056
透　底 / 058
最昂贵的街树 / 060
求救纸条 / 063
张师傅救女 / 065
全家福 / 067
结婚十年 / 068
意外的奖励 / 069

第二辑 · 泣血的假币

谁先盖楼房 / 073

泣血的假币 / 076

还你一群羊 / 080

悬壁上的那群猴子 / 083

石蛋蛋 / 086

刘二毛发迹 / 088

做特护工的女人 / 091

石塔上的石榴树 / 093

乡长这回死翘翘 / 096

沉默的山 / 101

卖　鸟 / 104

春节雇保姆 / 107

过年杀鸡 / 111

醉　鳖 / 113

扫出天都的路 / 115

父亲坟旁的两棵苦楝树 / 119

第三辑 · 李逵谋财道

护官符 / 127

乾隆灾年的浮夸案 / 130

罗三抢钱 / 134

神也捞一把 / 138

李逵谋财道（一）/ 140

李逵谋财道（二）/ 142

吴承恩避难 / 144

神农翻不过的山 / 147

财神爷过年 / 150

第四辑·旅途情归处

狗嘴捞"金" / 155

老家没有桂花 / 157

无药可救 / 159

非洲狼 / 161

"换房"旅游 / 162

求爱信 / 165

石　鳖 / 166

穷赶热闹的鸵鸟 / 168

冯大妈的聪明 / 170

黄大妈擒凶 / 174

土鸡"摇滚队" / 178

旅途情归处 / 183

最后的一班岗 / 188

街头杂记两则 / 193

爷孙卖石榴 / 194

婚姻与筷子 / 196

牛皮癣 / 198

第五辑·上帝只会施舍一次

多斯潘彩狼 / 203

搁置的白岛 / 205

最后一只渡渡鸟 / 208

墓碑上的泡泡糖 / 210

阿姆斯的珍宝 / 212

上帝只会施舍一次 / 215

墓碑旁的那只信箱 / 217

人生没有废头发 / 219

不动产的"财富" / 222

地窖的那一扇门 / 224

一个人的小镇 / 226

上帝的眼睛 / 228

麦　穗 / 231

有嫌疑的梯子 / 235

悬崖上的小旅馆 / 237

第一辑·俗眼

半瓶酒

在厂子，他叫他牛班长，回到家后，他又叫住邻居的他"牛哥"。

牛哥有老婆和孩子，他还是个单身汉，牛哥就像大哥一样处处关心和照顾他，有点好吃的，总叫他。牛哥从不沾酒，每次却买上一瓶酒，让他尽情喝个痛快。

总之，牛哥从没把他当外人。

以后厂子破了产，牛哥为养家糊口，踩起三轮车，给人拉货送货。

他因年轻，没任何负担，决定当劳务工去新加坡。

临行的那天晚上，牛哥备了几个菜，还有一瓶泸州老窖，对他嘶哑着嗓子说，兄弟，这一别不知啥时见面，今晚老哥以茶当酒，陪你喝个痛快。他的眼湿了，尤其让他感动的是，酒喝到一半时，牛哥掏出300元钱，塞给他说，这点钱你带上，是牛哥和你嫂子的一点心意。最后还再三嘱咐说，如果在国外混得不好，你就回来，只要有你牛哥一口，就少不了你的。

七年时间过去了。

他凭着自己的精明和才智，在异国成了一富翁的乘龙快婿，然后踌躇满志地回国，办起一家私营跨国公司。

公司招聘员工的那天，他因出席市工商界的宴请，直到下午两点多钟才回来。女秘书告诉他，有个腿有点瘸的人来过，说是经理以前的工友，一直等到刚才才走的。"腿有点瘸，是我以前的工友？"他想了半天，也没想到是谁……

第二天上午，他准备出去时，这人又来了，原来是牛哥。七年不见，牛哥已饱经生活的风霜，一脸苍老，背也驼了，两年前一次下雪天给老板拉货时，遇到车祸，虽然捡回一条命，一只腿却被车撞瘸了。

他心想牛哥两次来找他，准是想请他看在以前的情面上，让自己到公司谋个活儿。但牛哥没啥文化，不仅年过五十，而且一只腿也半残废了，公司岂不是要养着他？

寒暄了几句后，牛哥开口了，"你这家伙，回来了咋不到我家坐坐，知道我昨天和今天为啥找你吗？"

他淡然笑了笑，"牛哥两次来的目的，我咋能不知道？"

"知道就好，知道就好！"牛哥露出了兴奋的神色，说他今天来之前，老婆还阻拦他，说你老弟如今飞黄腾达，早就将我牛哥忘到了脑后，我还生气训斥她，你绝不是她所说的这种人。

他连连点着头，表情却挺不自然，看了下表，并换了一种口气，委婉说了许多困难，眼下刚回国创业，公司还没理出个头绪，这段时间他又挺忙，是不是等公司有了经济效益——

"啥，这事你还要考虑？"牛哥愣了一下，脸色变得十分难看起来，"你要我失望回去？这可不行，想想你出国前的那晚上，是咋对我说的？"

"出国前的那晚上？"他一脸茫然，才想了起来，出国前的那晚上，牛哥请他到家吃了一顿，还资助了他300元钱，牛哥一定是不好意思直截了当说这事，所以转弯抹角来暗示他。于是，他马上掏出了 3000 元钱，塞到牛哥手里说："牛哥，我知道你现在生活很困难，这点钱算是我的一点心意。"

不料，牛哥似受到了莫大侮辱，佝偻的背一下也挺直了起来，怒目圆瞪地说："你把我看成了啥人？我告诉你，我两次来公司，一不是要你招聘我，二不是想你周济……"

"那你——"他露出满脸的疑惑。

"你忘记啦？"牛哥将钱重重拍在他的手上，"那晚上你在我家吃饭，我特意买了一瓶泸州老窖，我以茶当酒，你喝掉了半瓶。临走前你是怎么说的，'牛哥，剩下的半瓶酒你一定替我留着……'"

他的脸"腾"地一下红了。原来牛哥两次来找他，是请他去喝七年前他让牛哥留着的那半瓶泸州老窖呀！

给男人设个鸟套

男人只是个厂子的验收员,给废钢打等级的,却极有油水,经常有卖废钢的老板送好烟好酒,或请到酒楼海吃海喝。

一天晚上,男人醉酒很晚回来,一进门,就扔给她一个厚厚的信封,内装有一万元钱。她问谁送的,男人吐出一口烟,说是他一位老同学,现在专做废钢生意,听说咱们女儿蕊蕊考上大学,今晚特意请他去海天大酒楼吃饭。席间,送了这一万元钱,表达老同学的一点心意。

她盯着男人:"那你就收下了?"

男人嘻嘻一笑:"这算啥,我这也是为女儿着想,为咱们家庭节省开支。"

她仍盯着男人:"我以前怎么没听你说过这位同学,我们结婚时他来过吗?"

男人稍一愣,不耐烦了:"我们结婚时,他虽然没来,现在不是来了吗!"

她是个很聪慧的女人,见男人生气,也就不吭声了。男人坐上验收员的位子后，嘴里就常挂着一句口头禅："别人能拿，我为啥不能拿？"让他把"吃"进肚里的东西再"吐"出来，并非易事。弄不好，还可能造成夫妻反目，家庭不和……

半月时间过去了。

一天晚上，男人又带着一身酒气回家，见她还没睡，心事重重的样子，两眼盯着窗外发呆，男人问："啥事让你这么心惶不安？"

她说，最近几天，常有一只怪鸟飞到他家窗台，叫上几声，等到她推开窗户，怪鸟又扑哧地飞走了。

男人并不介意，他认为现在城市环境改善了，公园多了，什么样的鸟都有。"今晚那怪鸟又飞来了，听那叫声，真让人心惊肉跳。"

"飞来就飞来嘛，"男人不耐烦了，"一只鸟有啥害怕的，它又不是来报丧……"

她马上打断："听说厂子管销售的处长被抓了，有这事吗？"

男人迟疑了下，"人家当官，犯的是几百万元的案子，我只是一个平头百姓，利用工作之便，吃了点喝了点，怕啥？"

"我听说，3000元钱就属于受贿。"她反驳了一句，又说，"法律是不分官和平民的，只要触犯了，就得受到惩罚。"男人瞅着她一时怔住了，酒也醒了一半，掏出烟抽了起来。她又幽幽叹出一口气："你不是常说，那年唐山地震，一些动物和鸟事先有预兆，幸亏是你们家养的一只八哥叫快逃，快逃！你们一家才躲过那场灾难吗？再说，这鸟为啥不飞到别人家，偏要飞到咱们家窗台上叫呢？"

男人心惶不安起来，一晚上没睡好。第二天早上他起床，右眼忽然突突跳了起来，而且以后几天，越跳越厉害，这可是以前从没有过的事。

一天早上，那只怪鸟又飞来了，一身黑毛，尖嘴，双眼泛着绿光。男人忙推开窗，怪鸟又扑哧地飞走了，窗台上没有什么，只有几棵盆栽的四季果。

她自语地："俗话说右眼跳祸，怕是咱们家要遭祸了。"

男人心里像打鼓似的不安起来，连着抽了几根烟，然后走进房里翻找起来。她也跟着进来了，问他，"你想干啥？"

"我，我想把那一万元钱还给老同学。"

她嫣然一笑，"不用你清理，该还给人家的东西我都替你收拾好了。"

说着，她打开了柜子，除了那信封装的一万元钱外，还有些好烟好酒，都已用报纸包裹好了。男人正准备出门时，又被她喊住，递给他一个袋装的进口钓鱼用具，男人有些犹豫不决的样子，她催促地说："上钩的鱼，往往就是因为经受不住诱惑。"

说来也怪，男人归还了钱和东西以后，那只怪鸟再也不来了。

她的脸上又恢复了笑容，不想将真相告诉男人，因为他还在干验收员的工作，知道了"真相"后，恐怕又会老毛病重犯。

原来，那只怪鸟老飞到窗台，是啄食盆栽的四季果。细心的她发现以后，便心生一计，有意制造和渲染怪鸟的恐怖气氛，等到男人将吃进肚里钱和物都"吐"出来后，她将盆栽枝上的红果全部摘下，那只怪鸟觅不到食物，失望之中，自然再不飞来了。

恫吓信

郑厂长的妻子买菜回来，发现客厅茶几上放着一张纸条，上面每个字都让人胆战心惊："今晚7点20分，若不将5万元钱乖乖送到公园湖边第二棵柳树洞内，小心你们一家的狗命！"

郑妻赶紧打电话告诉丈夫，"家里出大事了！"没一会儿，郑厂长就匆匆赶了回来，看完这张纸条后，他心里翻腾开了。王包工头想接厂办公大楼的装修工程，那晚送来5万元贿金，这种神不知鬼不知的事，歹徒是怎么知道的？还没等他提出心中的疑问，客厅的电话铃响了。郑厂长拿起话筒，首先灌进耳内的是一阵猪的惨嚎声，显然是从屠宰场打来的，半天才有一个粗声气传过来："对不起，我拨错了电话号码。"话毕就重重挂上了。

"妈的，咋回事？"郑厂长骂了声，电话中猪挨宰的惨嚎声，使他心里多了层恐惧感。早已吓得六神无主的郑妻，在一旁颤抖着声音说："我已将家里门窗检查了一遍，没发现有撬动的痕迹。"

郑厂长不相信，亲自将家里的门窗又检查了一遍，果然门窗完好无损。看来情况严重，没撬门窗，歹徒就将恫吓信送到家里，而且还放在客厅茶几上,说明这伙歹徒不仅是惯犯,而且极其阴险、狡猾!想到这里,郑厂长的额头冒出了冷汗。

正在这时候,突然又传来敲门声,郑妻看看脸已变了色的丈夫,壮着胆问:"谁呀?""推销菜刀的,要不要开门买一把?"随即门外响起"嚓嚓"的声响,郑妻赶紧说:"不要不要,你赶快走!"郑厂长则颓然跌坐在沙发上,因为耳里猪挨宰的惨嚎声还未消失,又来了一个推销菜刀的,还把菜刀磨得嚓嚓直响。这可是以前从没有过的事。见丈夫一筹莫展,唉声叹气,郑妻不禁抽泣开了,"那晚王包工头提着包送钱来,我就劝你莫伸手,你全当耳边风,还说你当厂长辛苦了这么多年,马上要退休了,就贪这一回没人会发现。这下可好,不仅引狼入室,而且我们家还受到歹徒的监控。"

"那你说我现在该怎么办?"

"只有一条路,你赶快到公安局报案和自首。"

"这好吗?万一要是传开——"

"眼下你咋还顾及名声?你需要的是警察的保护。"郑妻抹了抹泪,到房里拿出那5万元的赃款塞到丈夫手上催促说,"你快点去吧,把你的问题交代清楚!"郑厂长连连点头,就带着恫吓信和赃款,匆匆到公安机关报案和自首了。

郑厂长刚走一会,读艺校的儿子气喘吁吁回来了。儿子长得蛮像演员朱时茂,这几天在学校排演一个警察破案的小品。他一进门就问:"妈,我早上走时,将一张写有台词的纸条忘记拿走,你看见吗?"没等郑妻回答,儿子边寻找边自言自语地说道,"咦?我记得是放在客厅茶几上,怎么就不见呢?"

抵债的垃圾

杨老板为南方钢铁厂送了几年废钢铁，每次用车拉去，厂子总说月底结账，到了月底又推下月，这样一趟又一趟地拖欠下来，厂子欠下杨老板 30 多万的废钢铁款。

厂子最初欠债时，厂长朱苟拍着杨老板的肩，打着哈哈说："我们厂是国有企业，困难是暂时的，不就欠你五六万块钱吗？放心放心，比你存在银行还保险。"杨老板也很乐观，相信瘦死的骆驼比马壮，一个老牌国有企业再怎么不景气，拔一根毛也能撑死那些私营小企业。谁知形势越来越糟糕，尤其是去年和今年，不但厂子里职工大半被迫下岗，而且债台高筑，杨老板还听到风声说朱厂长也可能因此被赶下台。这一次，杨老板可真急了起来，当初他做废钢铁生意的本钱都是借来的，要是这个厂子倒了，他向谁要钱去！

这不，星期一杨老板就开始去厂子找朱苟厂长，可直到星期四的下午，才在厂南垃圾场找到他。正值六月天，堆得像山丘似的垃圾场，散发着熏人的恶臭气。朱苟捂着鼻子，满脸怒气，对厂环卫办的人吼道："听见了吗，半月内必须将这里的垃圾全部清除出厂，否则，你们就回家拿生活费！"

朱苟说完，就朝停在路边的小车走去，杨老板赶紧跟过去，掏出香烟递上。朱苟瞥了他一眼，没好气地说："你他妈莫像黄世仁一样逼债好不好？跟你说过厂子目前有困难，要债就只有这里的垃圾和渣土！"说完，扔下愣着的杨老板，钻进小车一溜烟地走了。

杨老板半天才醒过神，见朱苟的小车已经走远了，气得跳脚大骂："老子不是清道夫，更没犯神经病，要这没用的垃圾有屁用？狗日的朱苟……"

"老弟，不要再骂了，你就是骂破嗓子也讨不回债。"

突然，有人在杨老板肩头拍了下，原来是个陌生的老头，腿有点瘸，腋下夹着一个黑包。杨老板来垃圾场找朱苟时，就看见这老头，瘸着腿，在垃圾场周围悠来转去。没等杨老板开口，老头又朝他笑笑，"刚才你和姓朱的对话，我都听见了。你应该感谢朱苟，他这次可真给了你一个发财机会，这垃圾里头有'黄金'呢。"

"老哥，你跟我开什么玩笑？"杨老板的火气又上来了，生气地盯着老头，"你说这臭烘烘的垃圾里头有'黄金'，那好哇，你给我30万，我把这发财的事让给你好了！"

"行行，"没想到老头满口答应，"那咱们就这样说定了，厂子欠你的这笔钢铁款，由我付，你把这里的垃圾转让给我。"

"怎么，你老哥还真要这没用的垃圾？"杨老板深感惊愕。老头却拉了他一下，"走，我们到阳光茶楼谈谈。"

原来老头就是这茶楼的老板。到了茶楼后，老头掏出一份盖有红章的合同，告诉杨老板，省里马上要在市郊建火力发电厂，需要大量垃圾、渣土填水洼和凹地，这是他和对方签订的填土协议。老头说："只要你明天找到朱苟，拿到和他签订的垃圾抵债协议后，你就到茶楼来找我,咱们再签个转包协议,然后,我就替厂子付清你的欠款,怎么样?"

"好好!我相信你老哥。"杨老板脸上乐开了花,天上还真有掉馅饼的时候!但转念一想,杨老板心里又产生了怀疑:朱苟正为清除垃圾场的事发愁,这老头为何不直接去找他,干吗非要转弯抹角,像二道贩子似的从我手中转包呢?老头眼也毒,似乎看出杨老板的心思,便淡然对他笑了笑,"姓朱的心黑,我拿着发电厂的合同找他,他还能不狮子开大口?还有,以后他要是带着亲戚六眷,隔三差五光顾茶楼,只怕我这茶楼也要被他喝垮。总之,我讨厌跟这种人打交道,宁可花30万从你手中转包,也不能让他捞到好处。"

第二天,杨老板到厂子找到朱苟。听到他真愿意垃圾抵债时,朱苟十分高兴,二话没说,就爽快地与杨老板签订了垃圾抵债的协议。拿到这份协议后,杨老板马上来到阳光茶楼,又与老者签订了转包协议。老头果然说话兑现,将一张开好的30万元支票给了杨老板,并拍拍他的肩说:"我看你老弟是个老实人,要不这样吧,我们合伙做这趟垃圾生意如何?"

"不不!我欠债欠怕了,"杨老板马上推辞道,"能讨回这30万元的债,我就心满意足了。还是你老哥自己干吧,你就是从那垃圾里挖出再多的'黄金',我也不会眼红,也决不会后悔。"说完,朝老头拱拱手,离开了茶楼。

几天以后,老头带着雇来的人力、车辆浩浩荡荡开进了垃圾场。杨老板因忙于还债的事,第四天才抽空去现场看看,垃圾的表层已经被清除,铲土机朝深处轰鸣推进时,铲出了很多废钢铁、废车床、旧钢模和铁瘤,还有铁棍钢条螺丝钉。而到了第四天,从垃圾山铲出的几乎全是钢锭,每个足有六七吨重,就像西安出土的"兵马俑"。原来这里是老平炉的旧址，平炉遭淘汰和废弃以后，这地方就变成了垃圾场，之后各车间年终大清除时，又将报废的旧设备、没用的钢铁，当垃圾统统拖到这里扔掉。可想而知，厂子最辉煌的时候，不知浪费了多少……

老头这才告诉杨老板，他原是老平炉的第一任炉长，他的左腿，就是当年在一次生产事故中落残的。改革开放以后，他就和儿子女儿开办私营公司，现在又经营茶楼生意。杨老板这才明白过来，老头为啥不惜花费30万元，从他手中转包垃圾的"奥秘"。如果没有垃圾抵债的合同，看见从垃圾堆里铲出这么多废钢铁时，厂长朱苟必定会中途阻拦，并找借口说这是国有资产，强行收回垃圾场。正因为老头手中有他的这份协议，具有法律效力，朱苟只能干瞪眼。杨老板打心眼佩服这一招。

半个月后，堆积如山的垃圾场消失了。杨老板又来到现场，估量了一下挖出的废钢铁，至少有两千吨。杨老板替老头算了一笔账，除代替厂子付给他的30多万和清除费用的10多万外，老头这趟垃圾生意净赚150多万！

这天出厂门时，杨老板碰见了朱苟，他已经被免职了。朱苟拍拍他的肩，口气不无遗憾，"杨老板，我这次可是给了你发财的机会，可惜你没眼光，挖不出垃圾里的'黄金'，将到手的100多万钞票，拱手让给别人——"

杨老板的火气也上来了，"我现在明白了，国有企业为啥会衰败！就是因为有你这样的厂长，败家子！"

狗兄要"回报"

我管公司销售科的那年,钢材生意十分走俏,虽然我没贪污和受贿的胆,但我坐在科长的位置上,经常有应酬。于是我就写了四句顺口溜,作为自己的座右铭:"钱财我不要,应酬不可少;吃喝不犯法,监狱去不了。"

开始时,我还能克制自己,酒量不大。但后来接触面广了,今天不是吃海虾大蟹,明天就是品虎鞭飞鹰,酒量也练出来了,一次喝三瓶脸不变色心不跳!而且一天两餐酒,不喝就难受,每晚都是酩酊大醉回家。

那年11月的一天,有两个广东客商宴请我,吃喝完了离开天鹅大酒店时,已是晚上11点多钟了。天下起毛毛雨,我踉踉跄跄地朝家走着。刚拐进巷子时,发现后面有一黑影尾随,我以为是那条大黑狗,因为我每晚醉酒回来,不知何故,总有一条黑狗"护驾"。我并不害怕,睁睁醉眼骂了声,"畜生,干吗老跟着我?"谁知我的骂声未落,身后的黑影悠然分开,变成了两个猛然扑了上来,一个紧紧扼住我的脖子,另一个拿出雪亮的匕首,"妈的,别动!赶快将钱老实交出来！"

"糟糕，今晚遇上抢劫的歹徒了！"我心里惊叫了一声，酒也吓醒了一半。还没等我醒过神，一个长的满脸横肉的家伙（以后简称"横肉"。）就夺下我腋下的包，迫不及待地打开，里面没现钞，只有发货单、票据之类的玩意。横肉露出失望神色，懊丧地骂道："这家伙每天在外吃吃喝喝，咋包里就没钞票。"另一个歹徒朝我腰间狠捅了一拳，"钱一定藏在他身上，搜！"

横肉又搜起我的身，甚至连我的鞋也搜了，只搜出20元零5毛。两个歹徒恼羞成怒，凶狠地将我打倒在地。正准备下毒手时，那条大黑狗突然窜了出来，凶猛扑向两个歹徒，一阵撕咬声中，横肉发出惨呼，"快逃，这是一条疯狗。"

两个歹徒仓皇逃走了，黑狗也没有追赶，只是围着爬起的我打转转，我对这只有救命之恩的狗兄充满万分感激，连连朝它打拱。"谢谢狗兄，今晚救了老弟一命。"

黑狗只是冷漠的盯着我，并没有离去之意。

我边转身欲走开，不料狗兄却窜到前面挡住我的去路，并朝我"汪汪"叫了几声，我环视了下周围，除了悬挂电杆的路灯外，周围没有一个人影，这是咋回事？莫非狗兄要我留下买路钱不成？见我愣怔站着没动，狗兄不耐烦起来，竟然冲我龇牙咧嘴，摆出扑上来的要咬我的架势，吓得我连连后退，又惊又急之中，"哇——"将肚中的秽物一下全吐了出来。

狗兄马上冲了上来，张开嘴贪婪吞食了起来，还朝我摇摇尾巴。

也就是这一刻，我完全清醒了过来，这位狗兄为啥每晚为我"护驾"，今晚又从歹徒的刀下舍身相救，因为它早闻到我身上的酒气，目的就是从我这儿猎到它的食物。之所以每晚不辞辛苦地为我

"护驾",就是在等待时机索取"回报"。狗都如此,况且平时殷勤设宴款待我的那些人呢?

看着津津有味吞食的狗兄,我不禁惊出一身冷汗。

从那以后,我彻底戒掉酒。而且,我重新写了四句顺口溜,贴在办公桌旁的墙壁上,时刻告诫自己:"逢酒莫沾边,逢吃靠一边;管好一张嘴,不挨犯法边。"

如今几年过去了,还真要感谢那位不知名的狗兄,而当年跟我一道提拔的几位同仁,有的已沦为"阶下囚",有的被革了公职……

官　宴

宏达公司隆重开业的这天，花篮摆满了半爿街，前来庆贺的人络绎不绝。到了中午，公司设宴招待来宾，是在全市最豪华的康乐大酒家。

赴宴者的名单都是事先就排好的。熊经理和刘主任在同一张桌，刘主任心里直叫苦，因为熊经理经常参加这种场合，酒桌上你我不分，瞎吃乱喝，得了流行性肝炎。刘主任害怕传染，便悄悄换了个位子，坐到税务所赵所长与城管科张科长之间。

酒宴开始以后，凡熊经理拿过的餐具，或动过筷的菜肴，刘主任尽量不沾边，只幸灾乐祸瞧着熊经理同其他人相互敬酒，夹菜。酒酣耳热时，赵所长脱衣捋袖，改用大碗装酒，要与熊经理见个高低，熊经理忙谦虚拱拱手，"兄弟不胜酒力，再说肝炎缠身，大夫有医嘱……"

"你不就得了肝炎吗？"赵所长将眼瞪了瞪，不屑一顾打断道，"大夫诊断我肺上有黑洞，是晚期肺结核……不信你问问张科长！"

张科长已喝得醉醺醺，"对对，我和老赵一块做的检查，大夫还怀疑我患有癌呢。"说着连咳了几声,吐出了一口带血丝的痰。

"我的妈!"刘主任瞧着惊呆了,身边埋藏的咋尽是定时"炸弹",一个比一个厉害!想到刚才这两位老兄轮换替他夹菜的情景,五脏六腑顿时像有千万只虫蝎在爬动、噬咬,恨不得连肠胃都呕吐出来……

刘主任第二天就住进了医院。大夫说,他可能是患有官场上的"流行病",需观察一段时间后再作诊断。

可怕的邻居

我的邻居是银行信贷科的科长,别看官儿不大,可上他家的人都是提着大包小包,甚至深夜一两点还有人敲门。我也没少沾邻居的"光",逢年过节,像活鸡活鸭,鱼肉水果呀,邻居总要慷慨地送我家一些。如果我和老婆推辞,邻居就会生气地说:"客气什么,远亲不如近邻嘛!往后有什么也好相互照应。"

其实我知道,我们受宠若惊收下的东西,都是邻居家的"过剩"物资,倒了扔了,怕引起街坊的议论,不如做个顺水人情。我从不嫉妒邻居,如今的社会就是这样,你家里没人"光顾",是你无能没本事,抓不着老鼠你能说你是好猫吗?所以,每次收下邻居的东西,老婆就沾沾自喜,不厌其烦地说:"值100多块钱呢,够我们家吃一个星期的,省下的钱可以寄给读大学的儿子了。"

我也尽心尽力地回报邻居:他家的液化气瓶,每次都是我扛上扛下,窗户上的花架也是我给安的;他家的地板和客厅,我老婆像钟点工一样主动去擦洗收拾;有时还充当了"保管员"的角色——因为五楼就住了我们两家,碰到邻居不在的时候,来找他的人就敲开我家的门，留下礼物，我和老婆都会如实转交。我知道送礼者多半有难处，要是我们吃了"黑"，良心不安，也对不起邻居平时的"关照"。去年年底，两个福建人送来两条晒干的鳗鱼，碰上邻居不在，就把东西托我转交，说过两个月，他们再来登门拜访。几天以后，到桂林旅游的邻居一家三口回来了。我将这两条"海产"交给邻居，老婆却在一旁说了句："这晒干的鳗鱼蛮贵的，我儿子上大学前就想吃，我舍不得没买。"科长夫人一听，马上拦住了我的手："吴师傅，这些东西我们家有不少，你们就留着吃吧。"事后，我狠狠训斥了老婆一顿："你这不是变相敲诈和勒索吗？人要晓得知足，不要贪得无厌，况且我们已经得到不少了……"

今年刚过完年，我发现邻居不知怎么搞的，精神萎靡，每天下班也早，不像以前很晚才回来，问他是不是身体欠佳，他说没啥病，就是右眼这段时间老是跳！我告诉他一个偏方，贴上一根小棍，右眼就不跳了。邻居摇摇头，叹了口气："没用，夜晚闭上眼还是跳，镇静药我已经吃了一瓶多……"

几天后的一个晚上，邻居来了。我上中班不在家，邻居拎来两瓶五粮液和一条大中华，还搬来一盆名贵的君子兰，他告诉我老婆说，这两天可能要出远门，老婆孩子都到岳母家去住，家里没人，麻烦我们帮忙照看好这盆心爱之物，我老婆一口答应了。

第二天早上，邻居像往常一样上班去了。下午，楼下来了一辆警车，跳下几个检察院的人，在我们夫妻惊愕的目光下，把邻居家抄了。我才知道，邻居滥用职权，犯了严重的贪污受贿罪……

邻居家被抄的那天，我的右眼也突突地跳了起来，老婆担心地问："俗话说右眼跳祸，你说，邻居的案子会不会牵连我们？"

我摇了一下头："我们上不了'档次'，手中没权，想贪污受贿都轮不上份，会受邻居的啥牵连？"

没想到，邻居案发后的第五天，检察院的人就找到了我。他们先问了我和邻居平时的关系，接着又言归正传问："去年12月27日，你是不是收了他两条干鳗鱼？"我说有这事，现在还在冰柜里呢。两个检察院的人让我赶快回家取来。

鳗鱼取了来，检查人员当场掰开一条大鱼的肚腹，我不禁"啊"了一声，在场的人都倒吸了一口凉气，只见金光闪动处，跳出一尊金菩萨，双手合一，笑容可掬……

那天下班回到家，当老婆听完鱼肚里藏有金菩萨的"秘密"后，脸都吓白了，神色紧张地问："那我们不是犯了'窝藏赃物'的罪吗？"我心情坏透了，将一肚子怒火发泄到老婆身上："都怪你！平时爱占小便宜，人家给你一根葱，你就当成根金条。这下可好，惹出一身臊，想说都说不清楚！我平时不在家的时候，你还收了他家啥东西？"

老婆抹抹泪："还有啥？送来的酒和烟，不都装进了你的肚子吗？再有，就是这盆花了。"

我一看心里更火了，走过去抓起这盆君子兰，狠狠地摔在地下，"砰——"花盆顿时被砸成了碎片。"咦，那是什么？"老婆眼尖，指着砸开的花盆喊道。花盆的散土里，赫然露出一包得严严实实的塑料袋，打开一看，里面装着10多张存折和牡丹卡，还有两张是香港银行的，稍稍一翻，数目高达1500多万！

我的手不禁颤抖起来，看着目瞪口呆的老婆，不由得长叹了一声："快给检察院打电话。唉！我们家还真是'窝藏赃物'了……"

筒子楼的"新闻"

我以前所居住的筒子楼，是50年代建的，居民们都是钢厂的职工。80年代还被称为"老大哥"楼，进入90年代以后，"老大哥"楼的人下岗的下岗，出外打工的打工……

今年我大学毕业后，被招聘当了市报社的记者。年终时，总编把我喊去，对我说："春节马上到了，市领导十分关心下岗工人的生活现状，你不是熟悉筒子楼的情况吗，赶快写一篇报道。"第二天，采访完筒子楼回报社后，我就坐在电脑前，双手不停"噼噼啪啪"地敲打起键盘来：

昔日的筒子楼又称为工人"老大哥"楼，共有21户居民，目前有7户靠摆小摊、贩菜和卖早点维持生活，3户办起私营搬家公司、废品收购公司等，5户长年在外打工，4户回农村老家承包土地，只有2户还在钢厂工作。

楼长胖大嫂还向记者介绍，由于生活在筒子楼的多半是"低保户"，经常受到停水、断电的困扰，垃圾也没人清扫……

我刚打到这里，总编来催稿了，还没看完我写的这篇《筒子楼渴望温暖》的报道，总编的脸色就变了，生气训斥我道，"你这是写的啥东西？报社不是民政局，更不是政府信访部门！知道吗，要围绕当前领导所关心的问题做文章，马上换一个角度修改，明天早上交稿给我。"

挨了总编的批评，下班回到家后，我连晚饭也顾不上吃，就打开房里的电脑，谁知思路进入了死胡同，怎么修改都达不到总编要求的那种"效果"。直到晚上10点多钟，老爸从居委会娱乐室回来了，问明情况以后，老爸也像总编一样生气起来，训斥我道，"像这类新闻是写给领导看的，知道吗？春节就要来了，要让领导通过报纸了解他们一年所取得的政绩。"见我仍一筹莫展，不知从何写起，老爸又狡黠地一笑，"这还不容易吗，改一下上面的字眼就行了。"

老爸将我拉了起来，自己坐在电脑前，边眯着眼，边熟练地敲打起键盘来。老爸退休前，在厂子干过10多年的车间书记，也偶尔在市报发点"豆腐块"文章。没一会儿，老爸所修改的几处，就清楚地出现在电脑荧屏上：

昔日的工人"老大哥"楼，共有21户居民，目前有7户每月向工商和税务部门纳税，3户拥有自己的私营公司，4户回农村成了当地一方的养殖、果园"专业户"，只有5户加入南下打工族，2户端国有企业的"饭碗"。

楼长胖大嫂还告诉记者，经过改革的阵痛之后，在政府和各级领导的关怀下，如今的"老大哥"楼，旧貌换新颜，充满了一片灿烂的阳光！

在我吃惊的目光下,老爸将题目也改为《春风劲吹筒子楼》。第二天,总编看了我老爸修改的这篇报道后,大加赞扬,在头版头条上发了出来。月底,总编奖了我 300 元钱,而这篇报道也被评上了当月的好新闻奖。

白　送

张局长的爹病故了，不巧的是，刘主任的老娘也在同一天逝世了。消息传到了局里，按不成文的规定，大家都得凑份子——买花圈和鸭绒被之类的祭品送去。

以前这项善后工作都是老何负责，先列出一份名单，然后挨科室收钞票，再去买花圈和祭品。可这一回情况特殊，死的是局长和办公室主任的老爹老娘，老何拿着本本到各科室收钞票，没一个肯入"伙"凑份的，都表示要单独送礼。

这天下班回到家，老何将此事告诉了老婆，目的是让老婆放点"血"。老婆也没反对，只是问，"两个都是你的头，送少了肯定不行，你准备每个头送多少？"老何让老婆准备一千元钱，说就这个数行了。老婆担心地说，"这太少了吧？刘主任少送一点没关系，可张局长……"

"你懂个屁？"老何不耐烦打断，"张局长那边我一分不送，要送也只送刘主任。"

"为啥？"

"这还不明白吗！张局长是一局之长，在台上这么多年了，哪个角落没他的朋友和关系户？"老何看看吃惊的老婆，稍顿了顿，"打张局长老爹住医院开始，那病房比卡拉OK厅还热闹……轮不上咱们巴结。再说，我送这点钱他未必看的上眼，心里还会说我小气。"

"那刘主任呢，他就不嫌你小气吗？"

"他虽然只是个办公室主任，上头还有书记和副局长，但他却是直接管我的头，每天我都在他眼皮下工作，以后还得靠他多关照呢。"老何告诉老婆，还在刘主任老娘住医院的时候，刘主任就郑重给大家打了招呼，他老娘去世后，大家买个花圈送去就行了，千万不要为他老娘破费……

三天以后，张局长的爹和刘主任的娘出殡，老何忙乎了一整天，晚上很晚才回来，老婆还没睡，问起两个头家办丧事的情况。老何露出得意的神色，原来他先去张局长家，外面停满了小车，连门都进不了，好不容易等到张局长送客出来，老何趁空表示了下深切哀悼，并低声告诉张局长，"我见局长忙，不好打扰，微薄的一份心意已送夫人……"

"局长夫人要是说你没送咋办？"老婆忙打断道。

"局长和夫人应酬都忙不过来，哪还有心思问这事。再说送钱送物的人那么多，夫人咋记得起哪些是谁送的？张局长还拍着我的肩膀，笑着说好好呢。"

说着，老何掏出一包大中华烟，抽出一根美美吸了两口，"瞧，这包烟还有毛巾香皂，都是张局长给的。"

"刘主任那边呢，他满意吗？"老婆又转为关心口气。

没想到老何的脸色却变了，神情悻悻地，"甭提，白送了！"

"啥，一千元还算白送？"老婆吃惊地睁大了眼，老何掐熄手中的烟蒂，长叹了声，"唉，人家早就想到我前头了！像老赵和老鲁，还有小周，甭看平时不言不语，关键时刻都露出本相，他们每人送了一千五……"

"你咋知道的？"

"晚上都在刘主任安排的餐馆喝酒。老鲁酒喝多了，我送他回家，在路上是他悄悄向我透露的……"

俗　眼

原是局长的程有权,因贪污和受贿,被新闻媒体披露出来后,坐了6年牢,今年才刑满释放回来。

乌纱帽、公职丢了,老婆也早已带着孩子离开了他。程有权每天悠悠晃晃没事干,常打麻将,或到文化宫看报纸下象棋。街坊的人就在他背后指指戳戳,尽量地疏远他。只有我老婆傻乎乎的,一见到程有权路过我们夫妻开的小吃店时,总要招呼他进来坐坐,给他泡上一杯茶,还免费为他下一碗热干面。程有权也不客气,端起碗就吃,然后抹抹嘴,朝我老婆点点头走出小吃店。

日子一长,我就有气了,嘲讽傻老婆说,"姓程的以前有权有势时,我们没沾到他一点光,现在落到这种地步,是他咎由自取,谁叫他贪赃枉法!哼,你每天还招待他一碗热干面,值2块5毛钱呢。"

"你知道啥!程有权现在是没权势,可社会上还有他不少的老关系!"老婆朝我瞪瞪眼,没好气地抢白道,"他每次来咱们小吃店,手机的响声啥时停过?俗话说狡兔三窟,更何况程有权以前当过局长,他那匹骆驼再瘦,也比你这匹马壮,河里的王八啥时被网捞干净过？"老婆说到这里，撩起围巾擦了下泪眼。我知道老婆心情不好，在北京的儿子大学毕业后，至今还没找到工作，老婆心里着急……

转眼到了夏季，也许是被我老婆的热情所感动，程有权也经常来小店坐坐。我儿子的事不知怎么被他知道了。那天，他当着我的面，主动对我老婆说，"嫂子，你总是对我这么客气，如果你相信我的话，我介绍你儿子到深圳一家私营公司工作。"我老婆一听喜上眉梢，马上点头回答："相信，我完全相信，感谢还来不及呢！"

程有权掏出手机，给深圳那家公司通话。听他说话的口气，俨然就是昔日当局长的那种神态和派头。通完话之后，程有权边挂掉电话，边神色淡然地对我老婆说："已经联系好了，你通知在北京的儿子，这两天就去深圳上班吧。"

几天以后，儿子从深圳打回电话，他已经在那家公司正式上班了。我老婆便备了一桌酒菜，让我去请程有权，谁知程有权走了，谁也不知道他的去向……

今年腊月二十八，儿子从深圳回来过春节，年饭桌上谈起他所在的公司情况，说公司老总带着夫人孩子一起到澳大利亚旅游去了，老总私人资产有上千万。我沉吟地问，"那老总是啥地方的人，靠啥挣这么多钱？"

"爸，你们认识他。"儿子笑着道。

见我们夫妇如坠五里雾中，儿子又露出惊诧神色，"不就是你们托他介绍我去深圳工作的吗？他就是公司刚上任的老总。"

"什么？程有权！"我失声叫了起来，心就像被毒蜂猛蜇了一下，并下意识地瞥了妻子一眼。妻子也呆了半晌，才幽幽地自语道："程有权现在是合法公民了，法律还得保护他的私有财产。看来我的话真没错，真是狡兔三窟……河里的王八啥时被网捞干净过？"

外财难富

蒋经理家搬进新房,腾出的旧房子,大李夫妻赶快搬了进去。

搬进去的第二天晚上,大李就发了一笔意外之财。原来夫妻俩10点多钟回来时,发现门口放着三口纸箱,打开一看,第一口纸箱装的是香油,第二口纸箱是吐鲁番葡萄,第三口纸箱是水灵灵的河北鸭梨。妻子感到很奇怪,"咦,这是谁送来的?"还是大李脑袋瓜转得快,忙捂住妻子嘴巴,三下两下把东西搬了进去,然后关上门对妻子道:"傻瓜,这还不明白吗,这准是孝敬蒋经理的,蒋经理搬家的事,这伙马屁精还不知道,就归咱们好好享受啰!"

妻子胆小,担心地说:"这怕不好,要是万一——"

"怕啥?"大李从箱内抓起一只鸭梨,满不在乎道,"你放心,送礼的人就是知道了,也是哑巴吃黄连。嘿嘿,说不定以后还有人送礼呢。"

大李算得还真准,果然以后隔三差五,门口经常有东西摆放着,什么鲜鱼活鸡呀、野鸭野兔呀,还有整条整箱的香烟和好酒。大李脸上乐开了花,心里美滋滋的。他喜眉笑眼对老婆说:"我混了半辈子只有给人家送东西的份。现在好了，只换了个房，就享受起'受贿'的待遇了。"他跷起二郎腿，品着不花钱的美酒。

谁知好景不长。一天傍晚，大李家突然闯进三个陌生人，个个凶神恶煞，他们用匕首抵住大李的喉管，"你是姓蒋的经理吧，老子们是代表宏达公司来讨账的，你所欠的50万债务还不还？"大李一听吓坏了，慌忙摆着手结结巴巴地说："你、你们误会了，我、我不是蒋经理。"为首的刀疤脸看了看房里堆放的礼品，不禁发出冷笑："你房里这些整箱的水果，还有柜里的好烟好酒，不当经理从哪来的？"

"大哥，跟他啰嗦啥，不用拳头解决不了问题。"一个高头大马的汉子猛然将大李按倒在地，拳打脚踢起来，另一个凶汉也狠狠朝大李踢开了，还骂道："妈的，今天不给钱，老子就废了你！"

三名凶汉正打得热闹时，大李妻子回来了，见丈夫被打得头破血流，身子像虾米缩成了一团，脸都吓白了，慌忙掏出家里户口本和身份证，又说了许多好话，三个讨账的最后才相信了。刀疤脸说："你吃黑食，也不是好东西。放你一马可以，但我们哥们也不能白来一趟。"大李只好挖心割肉似的掏出了3000元钱，三个讨债的凶汉才扬长而去。

第二天一大早，大李头上缠着纱布，顾不得疼痛，四处张贴"换房启事"，宁愿用三室一厅换两室一厅，但特别郑重注明一条：凡经理老板之类住过的房子，一概免谈！

倒霉的绑架者

这天,三个受雇讨债的汉子,从一家美容店绑架了熊经理,把他关到市郊一间废弃的小屋里。

为首的横肉,手里转动着匕首,呵斥道:"姓熊的,赶快通知你手下的出纳,还清宏达公司 50 万元的欠款,不然老子们废了你!"

根据横肉以往的经验,像熊经理这种软包,多半是私了,况且他被绑架过好多次了,每次都是乖乖付了现款。不料这一次,熊经理竟然瞪起金鱼眼,愤愤地骂道:"你们今天绑架我有屁用,老子已经被免职了!"

刀疤脸忙翻熊经理的小黑包,里面真装着一张免职文件。横肉不信,拿起手机打到公司查问,果然确有其事,说熊经理任职的五年期间,造成公司亏损和欠款上千万元……

刀疤脸满脸沮丧,对横肉说:"大哥,这家伙现在剐无肉,杀无血,这趟差看来要倒贴了。"

斜眼朝熊经理的屁股狠踢了一脚,"公司被这狗日的搞垮了,他家里一定富得冒油,不能便宜了他!"

横肉马上又用匕首抵着熊经理,"快跟你老婆打电话,让她送100万元赎金来。"

"甭提那婆娘了!"熊经理跳了起来,咬牙切齿地说,"她昨天上午一听到我被免职,下午就宣布跟我离婚,还说要检举揭发——"

"那你他妈咋还到美容店泡妞?"斜眼还不死心地追问。

"我是路过那里,"熊经理又神情悻悻地,"被老板娘拉进去,逼我还以前招待客人欠的钱,我正愁脱不开身,你们就冲了进来……"

"什么?"三个汉子一听怔住了,刀疤脸惊叫了起来,"坏了!大哥,那老板娘一定向警方报了案,说我们和这家伙是一伙的,同流合污。"

横肉也慌了,一拳打倒熊经理,对还愣着的斜眼吼道:"还不赶快逃,让这家伙反咬一口,我们就是跳到黄河也洗不清了!"

为贪官叫屈

老杨是市信访办主任,这天和记者大刘一块坐火车去省城办事,谈起最近发生的一起受贿案。说的是城建委城管处处长沈毅,利用整顿市容、拆迁街头违章建筑等名由,受贿30万!老杨愤然骂道:"真他妈太邪了,如今到处都出贪官。""可不,"大刘也附和说,"这家伙还是个十足的赌棍,一夜间,就将受贿来的30万输精光。"

老杨和大刘正气愤地谈论,临座位有一个老头忽然站起来,大声质问道:"请问二位,你们是亲眼看到沈毅到澳门赌博,还是听到社会的谣传?"老杨和大刘不禁一愣,只见这个老头个头瘦小,很土气,身边放着干粮袋和旧布伞。凭着多年的经验和眼力,老杨知道这老头是个从乡里来的上访者。见这老头紧紧盯着他俩,大刘没好气地答道:"什么社会谣传?是姓沈的在检察院亲口交代的,这还有错吗?喂,老头,听你的口气好像很了解沈毅?"

"不错,我和沈毅是老乡。"

老杨马上说:"你们家乡出了这么一个贪官,你咋还为他鸣不平?"

不料老头哼了一声,气呼呼地说:"那都是你们说的,在我们东坪乡,老老少少没有一个不感激他,就算政府这次把他判了,乡亲们也会为他立一块功德碑。"什么,为贪官立功德碑?这可真是天下奇闻。老杨和大刘怀疑这老头神经不正常,老头就说:"我句句说的是实话,你们不相信,那就听我说好了——"

原来东坪乡是贫困山区,不仅交通闭塞,而且从去年夏天以来,全乡一百多名儿童无书可读,原因是全乡唯一的那所砖垒的小学,被雷电震塌了。乡领导专程到市里找沈毅,希望他这个处长,能为家乡搞点钱建一所希望小学,因为全乡像沈毅这样读过大学,如今又在外头做了官混出点模样的可以说是凤毛麟角。沈毅开始还很热情地接待家乡来的"父母官",可是后来看到"父母官"们进出打的,请他最豪华的酒楼潇洒,还花几千元买了30多斤乌龟和甲鱼,送给他说是小意思,沈毅就恼了,再不理睬这帮"父母官,回答也很干脆:"我每月只有760多元的工资,多一分没有。"

乡领导一行空手回来后,并不甘心,又找到沈毅的老父,说你看看周围的乡,甭说是在省城当官的,就是在县城当科长的,哪个不是你捐五万,我捐三万的,回家乡修家谱盖祠堂,你儿子是处长,按级别跟咱们县长平级,再怎么样也该给家乡的父老挣个脸面嘛!

乡领导的话说得沈父坐不住了,第二天一早,他就带着孙子到市里找儿子。沈毅知道父亲的来意后,对父亲不冷不热。老父便流着泪说:"儿呀!你不看在乡领导的面上,也该想想你的哥嫂,当年为送你到乡小学读书,你哥哥每天背着你翻山越岭走十多里路,大雪天摔下山崖,左腿都落残了。你嫂子生侄儿大出血,连鸡蛋都舍不得吃一个,要攒下来变成钱供你交学费。如今你当了官,可你想到你侄儿没有,都九岁了,还大字不识一个。再说你上大学的那天,家里拿不出盘缠,是乡亲们你凑一块,我出五毛,欢天喜地送你上大学的啊!你如果忘恩负义,叫我这张老脸往哪搁?"沈毅却对老父冷笑着说:"乡领导有办法嘛,平时少在外头吃喝,少送点乌龟王八,建一所小学的钱不就有了吗!"老父气得破口大骂:"你的良心真叫狗吃了!好好,既然你连老子的账都不买,就算我没养你这个不孝之子。"

这件事在乡里传开以后,乡亲们都很气愤,说养条狗也比养这样的儿强,狗还晓得看家护院。没想到今年端午节,沈毅突然提着一只密码箱,出人意料地回到家乡来了。连水都没喝一口,他就叫哥嫂把乡领导找来,当面打开密码箱,说:"这是30万现金。先说清楚,不是给你们吃喝的,是建希望小学的款子,我已经尽到最大努力了。"临走前,沈毅又把侄儿搂在怀里,嘱咐侄儿要好好读书,别辜负了他的期望,然后看看暮色四合的家乡,流出两行热泪,对老父和哥嫂鞠了一个躬,头也不回地走了。

三个月后,东坪乡希望小学竣工了,乡亲们十分感谢沈毅,就派代表专程接沈毅回家乡为希望小学剪彩,没想到沈毅已戴上了手铐,市检察院查出其受贿30万的经济问题,被关押进了看守所……

老杨和大刘听得一头雾水,莫辨真伪,齐声问:"这是真的吗?"

"怎么不是真的!"老头早已泪流满面,泣不成声:"沈毅……就是我儿子!"

归元寺的 161 号

耿局长怎么也没有想到，平时像"闷头驴"的大董，在局机关召开的干部评议会上，突然一反常态，口若悬河，把局里大小领导评议了一番后，最后又评议耿局长，"耿局长没话说，在咱们局里德高望重，就像归元寺的 161 号。"

刘副局长因大董给他提了一条"经常利用公车钓鱼"，心里十分不快，便敲起桌子质问大董："喂，董干事，你说的归元寺的 161 号，究竟是个啥东西？你跟大家说清楚。"

"是呀，今天是民主评议会，不是要你姓董的卖弄学问。"王主任也憋着一肚子火，因为大董给他提了两条：一是经常"斗地主"赌博，二是全家旅游的费用拿到单位报销，在群众中造成很坏的影响。而这次干部评议关系到保位子的大事，王主任能不恼火吗！大董也一改以前那副焉样，背后像有什么撑着似的，反用嘲笑的口气说："两位领导难道忘了，今年三月到归元寺春游，你们还站在 161 号前评头论足……"说到这里，大董看了眼在场的大小领导，又摇摇头自语道，"还没 3 个月时间，咋都像得了'健忘症'呢？"

耿局长听着心里"咯噔"了下,说实在话,他也记不起归元寺的161号是何物。耿局长已年过55岁了,还想第三次连任局长之职,大董形容他像归元寺的161号,德高望重,究竟是褒,还是贬?只有解开161号之谜才晓得。见刘副局长、王主任遭到大董的讥笑后,两人的脸红一阵、白一阵,其他人仍然都保持沉默,耿局长只好将这一疑问忍在肚里。

直到散会回到办公室,耿局长才猛然想起,归元寺有编号的只有殿堂的那些罗汉,大小共有500尊,而大董所说的161号,究竟是哪一尊罗汉呢?耿局长却想不起来。正当他皱眉苦思时,刘副局长和王主任来了,两人仍一脸怒容,王主任嘴里还在悻悻地:"甭看那小子平时像头闷驴,见了领导一脸笑,其实是怀有野心。哼,想要我的位子就直说嘛!"刘副局长接上话茬:"这就叫真人不露'相'。要说起来,局里利用公车钓鱼的也不只我一个——"

看耿局长一言不发,王主任叼起一根烟,又转过话锋:"那小子今天在会上形容耿局长是归元寺的161号,这究竟是个什么玩意?我想几位局领导也不清楚。明天是星期六,我已吩咐过小孙了,让他专程去一趟归元寺……"

耿局长点点头,"应该让小孙去归元寺看看。"

到了星期一,耿局长早早来到办公室,没一会,王主任和刘副局长也来了。耿局长关心地问:"小孙查清楚了吗?"王主任点了点头:"大董所说的161号,是归元寺罗汉堂中一尊叫'道世尊者'的罗汉。"耿局长一听果然自己的猜测没错,脸上也流露出了笑容。因为传说这尊名唤"道世尊者"的罗汉道行卓绝、救苦救难、普度芸芸众生,另外,跟他的长相相似,脸大头硕,慈眉善目。那日到归元寺春游,刘副局长和王主任站在161号前,所谈论的正是耿局长跟这尊罗汉的长相问题。耿局长心想,大董能用这尊罗汉来形容他,说明大董对他是忠心耿耿的,而且在措辞上还颇动了一番脑筋哩。此时,见王主任对大董还耿耿于怀,耿局长不禁皱皱眉,慢悠悠地打断道:"算了算了,既然是民主评议,就不能老虎屁股摸不得,应该虚心听取和接受人家的意见嘛。"

不料王主任鼻孔重重地哼了声,"那尊'道世尊者'算啥?充其量只是一具泥塑,供人顶礼膜拜的偶像!"瞥了眼脸色怔住的耿局长,又转过头看看刘副局长,继续悻悻地道:"如果这小子是出于真心,干吗不将耿局长与焦裕禄、孔繁森比,却要形容为归元寺的泥塑,分明是别有用心,含沙射影,攻击耿局长平时高高在上嘛!"

耿局长脸上的笑容僵住了,掐熄手中的大半截烟头。一直不吭气的刘副局长,这时咳了几声,像是自言自语地说道:"上次有人给市报社投匿名信,反映我们局挪用救灾款买小车、盖办公大楼,听说此人就是董干事。我还听说,他最近一段时间常去市纪委……"

没过多久,局机关进行人事和机构调整,大董头一个被连任的耿局长精简了。

祖传秘方

牙痛了一场，竟然痛出了"名"。这不，刚送走了马处长，办公室的姜主任又来找我讨药方了，我俨然成了机关治牙痛的"专家"。

矮胖胖的姜主任问："老孟，听说你有治牙痛的秘方良药，而且还是祖传几代……"

"你听谁说的？"

"赵秘书呗！"姜主任捂着半边肿起的面颊，咧下嘴哼哼地道，"妈的，牙痛不是病，痛起来——唉哟哟，痛死我啦！"

望着姜主任这副痛苦不堪的样子，我有些幸灾乐祸，学起他平时对我拿腔拿调的口气："老姜，鸭嘴别老伸进鹅盆里，牙缝少塞点人家的鱼肉，你的牙不就不痛了吗？"

"你还是不是人，咋一点同情心没有？你没看我痛的恨不得撞墙吗！"可能是扯到了牙根痛处，姜主任又捂着面颊"哎哟"起来。吞了一粒止痛片后，他扔给我一包大中华烟，"别卖关子了，快将你家的祖传秘方都说出来，我看哪种药方有效果？"

"姜主任，赵秘书一定是跟你开玩笑，我的牙痛是到医院吃药打针……不信，你查查我祖宗三代的档案，都是刨山沟的地道农民。"

不管我怎样解释，姜主任硬是不相信："你别势利眼好不好，刚才马处长、陶科长，你不是都给了他们药方吗？"

"我给他们的药方，是我牙痛的时候，别人给我——"

"算啦，算啦！"姜主任见我说话吞吞吐吐，一下火了，冲我不耐烦地挥下手，"老孟，我跟你说清楚，你女儿丹丹调学校的事情，我牙痛可没功夫给你跑了。"见姜主任软磨硬缠，又拿我女儿的事"胁迫"，我只好叹了口气："好吧，你喜欢种花，家里一定养有仙人掌，你就摘少许仙人掌，捣烂后敷在面颊……"

"你看你，还是露出本相了吧。"姜主任一听眉开眼笑，牙痛顿时像减轻了不少，临走前又奚落了我一顿，"你刚才还说没有治牙痛的良方，这不就是你家的祖传秘方吗，你这个人就是不够朋友，怪不得干了十多年的宣传科副科长，老是转不了'正'。"

姜主任心满意足走后，我刚端起保温杯，桌上的电话响了起来，我拿起电话一听，是周局长的声音："老孟，我牙痛了几天，听说你有祖传的秘方良药……"

我心里一惊："周局长，你是听谁说的？"

"马处长、陶科长，还有房地产的王经理。"

"周局长，你可千万别听他们的话。"

"什么千万不千万，你有祖传秘方就有嘛，怕什么，你是不是怕我抢夺——"

"周局长，我不是这个意思，你别误会了。"我连忙解释道。

"那你就快说吧，我办公室还有客人呢。"

我只得硬着头皮问："周局长，您牙痛几天了，是虫牙，还是火牙？"

周局长哼哈地道："谁知道，就前天陪几位客人上天鹅大酒店……晚上就闹牙痛。"

"那您一定是吃了不该吃的东西，塞住牙上火了。"我将话筒从左耳换到右耳，马上又补充道，"周局长，你可以用'敌敌畏'治虫牙最有效。"

"你说什么，让我喝'敌敌畏'？"周局长在电话里吓了一跳，声音也变了，"老孟，你这不是跟我开玩笑吧？"

我忙解释道："不是喝，是用棉花蘸上一滴，然后塞进牙痛的部位，三两分钟牙痛就好了。"

"真有这灵吗？"

"当然，以毒攻毒嘛！"

周局长在电话踌躇了一会，又问我："你还有别的秘方没有？"

"有哇，"我随口答道："厕所小便池墙边的白色尿渍，你挖点回去，蘸棉花塞牙缝里，保准牙就不痛了。"

周局长不知嘀咕了几句什么，就放下了话筒。没过几分钟，周局长又打电话来了，大声问我道："老孟，我看你家的祖传秘方有问题，'敌敌畏'是解放后才有……以前的朝代哪有这玩意？我还忘了问你，你刚才说的这两种秘方，你本人试过没有哇？"

"我、我没试过——"

"什么，你本人没试过？"周局长显然在电话里吃惊了，又追问我道，"那你咋知道治牙痛有特效？"

"我、我是听人说的。"

"简直是乱弹琴！"周局长一听火了，训斥我起来，"既然你本人没试过，万一有人按你这祖传秘方喝'敌敌畏'，还有啥厕所的尿渍闹出了人命。我看你怎么交代，哼！你老孟就只会吹牛，从来就没办过一件像样的事。"

"周局长，我、我并没有说那是我家祖传秘方……"我连忙大声解释道。然而，周局长咔嚓一声把电话压了。

谁是福儿

李强和郑大伯是邻居,关系甚密,经常在一起下象棋、喝酒和聊天。

去年,郑大伯买了条狗取名"福儿",恰恰李强的小名也叫福儿。郑大伯晓得后,就向李强道歉。"没关系,没关系,"李强说,"我一听大伯唤福儿的声音,就像回到乡下小时候,听到我爹喊我小名那样亲切。"

见李强丝毫不介意,郑大伯也就放下了心,仍叫小狗"福儿"。

今年李强单位机构调整,李强因年轻能干,被提升为公司副经理。那天,郑大伯买了两瓶好酒、卤鸡卤鸭等熟食,到李强家祝贺他高升,并把小狗也带了来。李强开始很高兴,同郑大伯你一杯我一杯干了起来。慢慢地,李强就有些不高兴了,因为郑大伯经常夹些桌上吃剩的残骨扔给小狗吃,不时"福儿,福儿"地叫着。

李强就半开玩笑提醒他:"大伯,你这是唤我,还是唤狗?"

郑大伯可能酒喝多了,没听清李强的弦外之"音",仍然"福儿,福儿"地叫,李强恼火了,抬起腿,重重踢了小狗一脚……

李强当了官，关心和注意他的人也多了。没多久，大家都知道李强的小名叫"福儿"，跟郑大伯养的狗同名。李强就更恼火了。一天，他趁郑大伯午睡之机，用拌了老鼠药的食物，引诱小狗吃下，然后把昏迷的小狗进准备好的编织袋里，扔到了一处偏僻的地方。

　　宠物不见了，郑大伯十分伤心，两天都没吃饭。没想到第三天，小狗突然跑回来了，一边亲热地叫，一边围着郑大伯摇头摆尾，郑大伯像见到久别重逢的孙儿，不禁紧紧将小狗抱在怀里，亲昵地叫着"福儿，福儿"……

　　李强正跷着二郎腿在家里看着电视，一听到小狗的叫声，一下从沙发上跳了起来，打开了门，没想到小狗一看到他，就像见到了仇人，一边狂叫，一边凶狠地朝李强扑了过来，吓得李强赶紧退回去，心里也马上明白了过来，小狗没被毒死，他那天买的老鼠药是假货。

　　以后，叫"福儿"的小狗，一见到李强，就龇牙咧嘴，狂叫不止！郑大伯害怕宠物再遭不测，就整天将福儿关在家中，还为它系上了一根链条，同时也和李强彻底断绝了往来。

　　这样过了半年，李强因参与受贿，不但被撤了职，还被隔离审查。检察官来李强家带他的那天，碰巧郑大伯站在门口唤自家小狗："福儿，福儿！"

　　"哎——"李强回过头来长长地应了一声。郑大伯没好气地说："我唤的是我家的狗，你回答什么？"

　　"我好悔恨呵！"李强一下扑到郑大伯面前，顿时就泪流满面，"就因为我受贿的事，我爹被气死了，我……我再也听不到我爹喊我的小名了。"

老诸家的电话

老诸当了副局长之后,一些熟人曾提醒我,有什么事找诸局长,最好别打电话到他家找,因为诸局长经常不在家。

可我根本没把这话放在心上。

这天晚上,我有急事要找老诸,便拨通了他家的电话,话筒里是他夫人的声音:"你找谁?"我很客气地问:"诸局长在家吗?"

"他不在!"说完,电话便被粗鲁地挂上了。怎么这样大的火气?我纳闷了一会儿,忍不住又拨通了老诸家的电话,慢条斯理地问:"诸亮同志在家吗?""请问,你是——"电话那头的女声有些迟疑,少了刚才的那种生硬。

我答道:"我是他的高中同学,有点事想找他。"

"哦,他不在家,今天出差去了。"

出差?这怎么可能?下午为了他小舅子公司的生意,诸亮还给我打电话,并约我晚上到天鹅酒楼吃饭。于是,过了十多分钟,我再次拨通了老诸家的电话:"诸亮在家吗?我姓胡,是外贸出口公司——"

"哎呀呀，是胡经理。他在，他在……"

我问："老诸在干什么，这么忙？"

她答："他在看电视，我这就去叫他……"只一会儿，老诸就过来接电话了，连声埋怨起我来："你这家伙，请你一起吃晚饭，你怎么不赏脸？瞧不起我这老同学是不是？"听我不吭声，马上又亲热地问："你找我有啥事？""没啥大事，我问一下市财办老高家的电话号码。"

"老高已经下台了，你还找他干什么？"听我没回答，他大概翻了一下他的电话号码本，才告诉我想要的电话号码，最后又亲热地叮嘱我，"以后打电话到我家，记住，就直接说找诸亮，不要提什么局长呀同志的。"

我问："如果你不在家怎么办？"

老诸笑了："我老婆在嘛！有关我每天的去向，她都知道……"

怀念那只苍蝇

阿猫是个铁杆彩迷,买了几年的福利彩票,从没中过三位数。没想到今年阿猫走狗屎运,两元钱竟然中了70多万。

阿猫也确实是走狗屎运,不,确切地说是走苍蝇运。那天阿猫身无分文,老婆见天气热了,晚上睡觉害怕被蚊虫骚扰,就给了阿猫两元钱,让他到街头地摊上买一瓶灭蚊剂。可阿猫却溜进对面的彩票店,阿猫平时也怪可怜的,老婆从不支持他为福利事业做贡献,阿猫只能像贼似的今天从老婆口袋摸一点、明天省下早点的钱,偷偷买上几注彩票。

因为荷包只有2元钱,阿猫从早上8点开始选号,一直选到下午5点,选了几组号码,最后又都忍痛割爱了,肚子也饿得咕咕叫。阿猫仍强打着精神,偏偏这时候飞来一只绿豆苍蝇,围着阿猫嗡嗡地飞,阿猫开始不想杀"生",只是挥挥手赶跑了。没想到这只苍蝇不知好歹,没一会儿又飞来了,围着阿猫嗡嗡叫个不停!这下他恼了,双手合围猛地一"啪"!苍蝇却从他掌中突出"重围",歪歪斜斜飞落到墙壁上的号码分布图上,从"3"爬到"10",又从"10"

爬到"15"，爬到第 6 个号码"29"时，终因伤势过重，一下从图上跌落下来……

此时离关机还有 2 分钟了，阿猫不禁又气又急，头昏眼花，大脑处于一片空白，只依稀记得苍蝇爬过的 6 个号码……

阿猫就让机主打下这 6 个号码，自己加了一个，组成一注彩票。没想到就这一注中了 70 多万！

阿猫中了大奖，老婆乐坏了，平时的一帮哥们也闹着要他请客。阿猫就请了一桌，酒过三巡后，阿猫突然放悲起来，众人疑惑不解，问他为啥如此悲伤。阿猫哽哽咽咽地说："我是怀念那只苍蝇，是它老弟一夜间让我成为'暴发户'、走上致富之路呀！"

见众人面面相觑，阿猫又捶胸顿足起来："我他妈真是个猪脑袋，既然苍蝇老弟爬到'29'，我为啥就没想到'30'……那可就是 500 万啊！"

老婆藏"金"记

这是今年的事,我这个铁杆彩民,终于时来运转,花16元买的一注福利彩票,中了15000多元。

我真是惊喜若狂,拿到这笔钱的那天,原想请几个哥们好好在餐馆撮一顿的,但公司经理偏偏在这个大喜的日子里,派我到东北去催欠款。没办法,我便瞒着老婆,将钱藏在家中床下那堆废纸盒内,然后就匆匆去东北出差了。

10多天后我回来,由于出差钱花光了,朋友们又闹着要我请客,我就想动用床下的"小金库",谁知让我目瞪口呆,床下的那堆废纸盒竟然不翼而飞了。

我不敢问老婆,害怕她知道我买彩票中了奖,隐瞒不交,她非跟我闹翻天不可!因为,老婆一直怀疑我跟公司的小寡妇阿桃……

见我好几天闷闷不乐,长吁短叹,老婆装作没看见,倒是6岁的儿子忍不住了,对我悄悄地说,"爸爸,只要你带我去吃肯德基,我就告诉你那些钱的下落。"

我一听喜出望外,马上叫了一辆的士,带儿子到闹市那家新开张的肯德基店，儿子美美啃了一只鸡翅，还嫌吃得不过瘾，又让我买了一只鸡腿，才告诉我说，"你的那些钱，都落到了妈妈手里。"

原来我出差的第三天，来了个上门收废旧报纸的，老婆想到那堆废皮鞋纸盒，就让儿子钻床下拉出来，当儿子拉出一只蓝色纸盒时，觉得有些重，就对我老婆说，"妈妈，这里面还有鞋。"老婆接过打开一看，里面竟然装着几摞厚厚的钞票，还有我保存下的兑奖彩单。老婆当时又喜又气，对儿子说："得了奖竟敢对我隐瞒，看来你爸这人靠不住……"

没等儿子说完，我就赶紧打断追问："快告诉爸爸，你妈将那些钱是存进银行，还是锁在柜子里？"儿子却摇摇头，说："你猜不到，妈妈已经藏在最保险的地方了。"

见我一脸迷惘，抓耳搔腮，儿子又得意地说："妈妈是藏进了她嘴里。"

"啥，都让你妈给吞了？"我又气又急，不禁吃惊地睁大了眼。儿子抹抹油嘴，告诉我说："妈妈不是吞了，她买了两颗白金制成的牙……妈妈还说，她这是堤外损失堤内'补'。"

听儿子这么一说，我猛然想了起来，去年国庆节的那天晚上，我从岳父家出来，骑自行车带老婆回家，由于酒喝多了，瞎骑猛冲，一路视凹凸为平地，回到家后，才发现老婆没了。过了好长时间，老婆才满脸怒气，一瘸一跛地回来，脸上划破了几道口子，牙也摔落两颗……

这几个月来，老婆闹着要我出钱替她补牙，我一直不理不睬。唉！没想到这次我喜中的 15000 元钱，还是让她"补"进嘴里——藏到她认为最保险的地方了。

懊丧了一阵后，我很快又高兴了起来，因为这两颗价值万余元的白金牙，老婆既不能吞进肚里，又不怕贬值，无论任何时候，都是我和她共有的一笔固定资产。

大狗婚姻介绍所

有个叫大狗的人,看到人家开餐馆、卡拉OK厅和茶楼发了财,自己连温饱都还没解决,就不顾老婆的吵闹和反对,在家安了两部电话,并以自己的大名办起"大狗婚姻介绍所"。

大狗也知道广告的"效应",苦于无钱在市报和电视台做广告,只有效仿某些私人搬家公司,晚上偷偷拿着广告墨筒,像耗子一样在街头巷尾和楼群之间出没,趁没人注意的机会,将刻在墨筒上的广告印在墙上,然后又赶紧换一个地方。

这种流行城市的"牛皮癣"还挺见效,刚一广而告之,大狗的生意就火爆起来。第一个打电话来的是某局的熊局长,他十分焦急地告诉大狗,他家的宝贝丽丽最近情绪不好,闹绝食,可能是失恋的缘故,目前迫切想为丽丽找个如意"郎君"。第二个是一个腰缠万贯的"款爷",甚至还在电话中向大狗诉苦。他家的美美原有一个爱侣的,由于他带美美到一家常去的美容店"松骨",与店里小姐搂搂抱抱,没想到美美也学坏了,暗地与他生意场上的死对头家的康康偷情。如果大狗能让美美回心转意,他愿出五千元重金酬谢。第三个电话更让大狗喜出望外,竟然是一个叫黛丽的英国太太,她在中国已教了20多年的英语,说她的心肝亨利到了恋爱年纪,回国前想结一门"中国亲",大狗一听心花怒放,马上在电话中回答这位洋太太,"行行!尊敬的黛丽太太,如果你能汇500美元的话,最迟明天保证你能如愿以偿。"

大狗记下洋老太太家里的电话后,马上打电话通知熊局长和款爷,让他们带上心爱的千金,赶快到那位洋太太家相亲。俗话说一女不嫁二夫,但大狗有他的小算盘,爱情从来不分国界,如今又是开放年代,谁还会受孔夫子"三从四德"那一套的束缚?万一洋太太的儿子看不中熊局长的女儿,但还有那位款爷的宝贝美美,只要相中一个,那么他就能得到丰厚的回报……

大狗一高兴,中午就喝起"革命小酒",正得意地晃着脑壳哼小曲时,老婆满脸怒气地回来了,冲着他骂起来,"你到处张印的是啥狗屁婚姻广告?你吃官司,别连累了老娘。"原来大狗的老婆今天上班,单位上的人都向她打听大狗办婚姻介绍所的情况,甚至经理还将她召到办公室……大狗马上喜滋滋地打断,"这说明我办婚姻介绍所深得民心嘛!"老婆不禁勃然大怒,"你跟老娘闭嘴!你以为你是在为人成全其美吗,呸,你是在给狗成全其美!"老婆边怒气冲冲骂着,边拿起桌边的广告墨筒,像盖章似朝地板上"叭"地一声,地板马上清晰印出"犬狗婚姻介绍所"的字样,大狗一看傻眼了,"噫,咋'大'字上头冒出一点?"额头顿时冒出冷汗,同时又马上明白过来,"这一定是小狗干的好事!"

原来,大狗办婚姻介绍所没向工商部门注册,无经营许可执照,刻字店不敢替他做广告墨筒,害怕查出惹上麻烦,大狗就灵机一动,让儿子小狗亲自操刀,因为小狗从小喜欢篆刻,去年还在全市少儿书画篆刻大赛中得过铜奖。小狗接到大狗的这项艰巨任务后,心想妈妈死活不让爸爸干这行当,肯定是爸爸没怀好心,趁开婚姻介绍所之机,与别的女人勾搭,然后再和妈妈离婚,那么他就会像班上可怜的小胖那样,以后就成了只有爸爸没有妈妈的孩子。决不能让爸爸的这一阴谋得逞。干脆我在大狗的大字上加一"点",让爸爸给犬狗介绍对象好了!大狗哪知道儿子的心思,等儿子刻好交给他时,他看也没看,就高兴地夸奖儿子:"好好好,等爸爸赚了大笔钞票后,给乖儿子你买一台电脑。"大狗做贼心虚,加上又是晚上偷偷地传播"牛皮癣",所以就没注意到留下的是"犬狗婚姻介绍所"……

"把局长和大款的女儿当发情母狗,竟然还介绍给外国人,哼!我看你这回是吃不了兜着走,等着人家将你告上法庭吧!"老婆仍怒气未息,指着大狗的鼻子咬牙切齿骂道。大狗也是越想越害怕,如果真要是惹出了麻烦,熊局长和那款爷都是有头有面的人,能轻易放过他?肯定会狮子大开口找他索取"精神赔偿费",尤其是那位洋太太更是惹不得,说不定一怒之下还会将他告上海牙国际法庭。而且,工商部门也会找上门来,因为他没办营业许可执照,不朝死里罚他才怪哩!

正当大狗急得像热锅的蚂蚁时,电话铃响了。老婆赶紧躲开了,大狗只好颤兢兢拿起话筒,有气无力地刚"喂"了一句,就听到那位洋太太的声音,"是大狗先生吗?感谢你给我带来的欢乐,对于你给亨利介绍的婚姻我十分满意,500美元的介绍费我已经汇出,请你明天到银行查收。"

洋太太的电话刚放下,两部电话又同时响了起来,原来是熊局长和那款爷打来的,他们对所结的"洋亲"都很满意,大狗一只耳朵塞着一个话筒,又惊又喜地问:"你们二位的千金同时结上这门

'洋亲'合适吗?"左耳传来熊局长的声音:"这有啥不合适的,我家的丽丽是狗又不是人,法律上也没有规定狗不能重婚。"右耳响起那个'款爷'的声音!"就是人又怎么样?如今重婚'包二奶'的事屡见不鲜,何况每年还有法定的'情人节'……"

大狗听到这里,总算如释重负地松了一口气,他揩了揩额头的汗,没想到儿子加在他大狗的大字上面点的那一"点",竟然歪打正着,给他带来了滚滚的财源。这一"点"也让大狗掌握到赚钱的诀窍,如今这年头,靠正正经经不行,要歪着来,冬天棉袄夏天卖,这样才能在生意场上大爆"冷门"。

如今,大狗的"犬狗婚姻介绍所"生意越来越火爆……

长在树上的港币

十一旅游"黄金周"期间,我哥找朋友借了一辆宝马车,自己亲自驾驶,带着嫂子和从武汉来的岳母去深圳兜风。

那天,嫂子和岳母娘进了商场,我哥则站在路旁树下看车。突然,一阵微风吹过,有一花绿的纸片打在他头上,我哥抓住一看,嗬,一张面值500元的港币。紧接着,从树上又飘下一张港币,我哥跳起一把抓住,竟然是一张面值1000元的港币。

我哥见周围没人注意,迅速将这两张港币塞进裤兜里,心里也差点乐出声,难怪天南海北的人都跑到深圳来淘金,特区就是"特区",路旁的树都能"长"出花绿的钞票。

我哥边偷着乐,边又朝树上张望,发现树梢上居然还挂着一张。我哥就狠劲摇了几下树,不料树太粗摇不下来。于是,我哥便脱下皮鞋,像猴般向树上爬去。这时,走来一个中年管理人员,朝我哥吆喝道:"喂同志,折断树枝要罚款的,听见了没有,还不赶快下来!"

在众目睽睽之下,我哥只好悻悻爬了下来。

第二天返回，行驶到南昌的时候，我哥还想着树上的那张港币，思想一打岔，轮子就转了弯，撞上一辆停在路旁的大货车。幸好我哥和嫂子没事，只是岳母娘连惊带吓被送进医院。我哥因要修理被撞坏的车子，就掏出那两张捡来的港币，交给嫂子说，"你拿去给老娘交医疗费吧。"

谁知没一会儿，嫂子搀扶着岳母来了。嫂子杏眼圆睁，将那两张港币扔在我哥脸上，咬牙切齿地说："这1500元港币，还是你留着将来到阴间花吧。"

岳母则一把鼻涕一把泪，操着武汉口音，"我这女婿儿冇得话说，老娘还冇归西，他就把阴间的冥钱替老娘准备好了！"

我哥惊愕之下，这才看清楚，他在深圳街头所捡的两张港币，原来是死者家属撒在大街上的冥钱，背面下方都印有"冥间银行"……

透　底

妻子的奶奶在乡下病故了。料理完丧事回来的那天,妻子带回了10多枚古钱币,她红着眼对我说,这些古钱币奶奶保存了80多年,应该是有价值的,要不你找个朋友鉴定下。我点了点头,要说在官场我没有朋友,但找个把懂古玩的朋友还没问题。

次日,我就跟朋友张洪打了个电话。张洪在市古玩文物店工作,他是我初中同学,这么多年关系一直甚密,我们称得上是一对铁杆朋友。张洪说既然是你老兄找我,我应尽力效劳,马上将古钱带来吧。我就带着奶奶的"遗物"去了。张洪首先拿起放大镜,鉴别了下真伪,然后筛选了一遍,皱了皱眉告诉我说,古钱都是年代越旧越有价值,你看你这些古钱,除了唐代的"开元通宝"、明代的"洪武通宝"年代长一点外,其余多半是清代的钱,如果卖给我们商店,最多只值2元钱一枚。

见我露出失望神色,张洪又神色矜持地说:"因为我们是朋友,我才对你说真话,让你心里有个谱。"说着他挑了一枚铁钱,"你看像这种钱,要是卖给我,五毛钱我都不要。"

"这么说,我老婆的奶奶保存了80多年的古钱币,没一枚有价值啰?"我边泄气地说着,边欲将古钱装入小袋。张洪却又挑出一枚清代的道光通宝,笑笑对我说:"这枚古钱虽没啥价值,但刀工不错,字口深峻……"

我看他爱不释手的样子,就说:"你想要,就送给你吧,反正也没啥价值。"

那天回到家后,我就将张洪鉴定的情况告诉了妻子。妻子叹了口气,把这10多枚古钱币锁进了柜里。

差不多过了半年,妻子的表哥从深圳回来探亲了。那天到我们家做客时,谈到奶奶留下的"遗物",表哥说他以前找奶奶要过,奶奶没给他,要留她最疼爱的孙女。妻子就从柜里拿出了那10多枚古钱币,表哥马上翻找了一下,不禁满面疑惑,"怎么少了一枚道光通宝,还有那枚铁钱呢?"

我看了眼妻子,说给朋友了,朋友说这些古钱里面,就那两枚最没价值。表哥一听连连跺脚,"你们真是外行,我跟你们透个底吧,那枚铁钱是宋代罕见的'铁范钱',而那枚'道光通宝'是古币中最有价值的'雕母'!"

见我们夫妻目瞪口呆,表哥又颓然叹了口气:"我今天来你们家,就是为这两枚古钱……"

最昂贵的街树

那一年，我第二次高考落榜以后，对人生丧失了信心，整天把自己关在一个人的房间里，沉溺于网上，疯狂玩游戏。

有天上午，我听到外面有敲门声，出去打开了门，见是一个身子瘦小，背着工具旧包的中年木匠。原来家里老壁柜需要修理，这木匠是我爸从街头临时谈好价钱，他自己找来的。看这木匠在客厅忙开了，我就回房间继续玩着游戏，谁知没一会儿，这木匠敲了几下房门："小兄弟，能否帮我一下。"

我走了出去，这木匠耳根夹着笔，手脚还真麻利，该拆的或该卸的都完了。他想重新丈量一下老壁柜的宽度，让我帮忙按住皮尺的一头，就两分钟的事儿。忙完后，当我欲走入房间时，突然又被他叫住了："哎！小兄弟，能否再帮我一个忙。"

"啥事？"我盯着他问。

"看你在电脑上忙，"这木匠不太好意思笑了下，从内衣袋掏出一张纸条，"就这纸上的事儿，你能在网上帮我查找一下不？"我接过看了下，就一个很简单的提问：世界最著名的三条大街在什么地方？

"你女儿写的吗？"

"不，是我外孙女。"这木匠神色稍迟疑了下，声音有些低沉："她父母不在了，这两年跟我一起过日子，明年考高中。"由于我高考前曾复习过这方面资料，便告诉这木匠，世界最著名的三条大街分别是：巴黎的香榭丽舍、纽约的第五大道、日本东京的银座大街。

这木匠马上取下耳根的笔，让我写在纸条的背面，然后小心装入内衣袋里，并高兴对我说："小兄弟，谢谢你。还是有知识好，我一个做木匠的哪知道国外的啥大街，要是问最昂贵的街树在啥地方，我还知道。"

"呃，你知道最昂贵的街树？"

"是呀！"这木匠看了我一眼，"不在国外，就在广东肇庆，我曾在那地方打了几年工。"

这木匠的话匣也打开了，他告诉我说这种树叫海南黄花梨，是做家具的顶级木料，以前宫廷皇室的名贵家具多半源于这种树。而且，从来都是以斤两论价格的，由于海南黄花梨名贵而极少，如今在市场上更是价比黄金。而肇庆街两旁所长的黄花梨，一共有228棵，世界上没有那条街能有如此昂贵的街树。

"我13岁开始学做木匠，迄今还没亲手打造过一件黄花梨家具。"这木匠脸上露出遗憾的神情，最后看了看怔愣的我，笑道："黄花梨之所以名贵，是树种决定的。人要想改变命运，活出价值，就得靠自己努力。小兄弟，你说是不是？"

那一刻，我如同醍醐灌顶。我的人生，纵然干不出惊天事业，为啥就不能成为一棵有价值的街树呢。

也就是第二年，我考上了某建筑学院。7年以后，当我戴着博士帽站在校园大门口，摄影师将镜头对准我，按动快门的那刹那间，我才知道，那个夏天，那个不知名的木匠给了我多大教益，如果不是他让我明白人和树的根本区别——就在于人可以通过自身努力改变命运的话，那么我的人生道路就不是这样了，可能也就是一棵歪脖子树。

求救纸条

阿毛是个赌鬼，只要有骰子可掷，麻将可以当饭，甚至可以三天三夜不下"战场"，不输个荷包底儿朝天，决不罢休。

这不，又苦战了三个通宵的阿毛，满脸懊丧地从一幢楼房溜了出来。回家该怎么向老婆交代呢？800多元的工资全"赞助"出去了，还欠下1000多元的赌债。此时天刚蒙蒙亮，街上行人稀少，阿毛垂头丧气地正走着，突然头上像粘着什么。他认为是树叶，伸手抓了下来，竟然是一个纸条。只见上面歪歪斜斜地写着："我被关在三单元12楼，请速向'110'报案！"阿毛以为眼花了，揉揉眼，重新看了一遍。然后仰起头看了看面前的高楼，马上判断出写此条的人不是遭到绑架，就是被人贩子拐骗，或者是被胁迫卖淫……阿毛顿时像拾了个大元宝，乐得差点跳起来。因为只要将这张纸条送到警方，等到案子破获后，就能领到一笔奖金。报纸和电视上就经常登有各地警方的悬赏公告，少则几千，多则几万，他阿毛还能不发财吗？最好是一起绑架百万富翁的案子，大款被解救出来后，一定还会重金酬谢他，说不定比警方给的还要多呢……

阿毛身上的热血沸腾起来,马上以百米冲刺的速度,跑到公安局向"110"报了案。警方也极其重视,出动救援警车的同时,让阿毛留下姓名和地址,以便案破后跟他联系。

谁知,一天、两天过去了,警方并没有跟阿毛联系。第三天,阿毛沉不住气了,心急火燎地跑去打听。值班警察问他找谁,阿毛不好说他是来领奖金的,转弯抹角地问:"警察同志,提供线索和报案者,警方给不给奖励?"见值班警察肯定地点点头,阿毛马上急切地说:"那天的求救纸条,就是我送来的。"

"哦?"值班警察打量了下阿毛,像是明白了过来,淡淡地笑了笑,"那天求救的是一个酒鬼,因他喝醉了胡闹,老婆一气之下,就将他锁在家里……"

张师傅救女

那天晚饭后,张师傅去居委会娱乐室乐哉,晚上11点多钟回来时,发现家里被盗,就连他的旧收音机、铜酒壶都被贼盗走了。

张师傅赶快到派出所报案。谁知刚走出巷子,就见拐弯处的路灯下,三个拿着酒瓶的醉汉,正调戏一个挺着大肚的孕妇,嘻嘻哈哈地打赌,"这娘们怀的是男孩,不信你摸摸!""我看是女孩,如果肚子是圆的,就是我赢了。"孕妇则紧紧捂着肚子,边惊恐地挣扎,边尖声喊叫,"流氓……放开我!"

张师傅一见义愤填膺,马上冲上去大吼了声:"住手,放开她!"三个醉汉马上松开了孕妇,其中一个凶狠瞪起眼,"妈的,你这老东西少管闲事,滚开点!"张师傅紧紧握着拳头说:"我为啥不管,她是我女儿。"说着伸手拉了下孕妇,"女儿别怕,老爹来接你回家了。"不料孕妇惊恐地打掉老爹的手,尖声叫道:"老不正经,别想占我的便宜。"三个醉汉见此情景,马上叫骂开了,"妈的,这老东西是想英雄救'美'……"

张师傅当时真是又气又急,这女人咋不识好歹,我这把年纪舍身相救,她不仅不领情,反而骂我想占她的便宜。两个醉汉已凶狠扑了上来,"妈的,老子们揍扁你这老东西!"正在这危急关头,几名警察赶到了,擒住了三名醉汉,一高个警察扶起张师傅问:"那孕妇是你女儿?"张师傅还没回答,又一个警察走了过来,"怎么,这老头和那女人是同伙?"

张师傅觉得这警察的口气不对,扭头朝"女儿"看去,"啊"了声不禁惊住了,原来那女人见警察来了,拔腿就逃,谁知裤腰带被那醉汉扯断,没跑几步,肚子就像泄了气的皮球瘪了,掉下收音机、铜酒壶等许多东西。

"那是我家的东西!"张师傅这才恍然大悟,被警察抓住的"女儿",竟然是光顾过他家的盗贼!

全家福

照全家福的那天，说好去照相馆的。但母亲执意不肯，说要在院子的那棵老梨树下照一张全家福。

没一会儿，摄影师来了，见树阴下的光线不好，便让四个儿女和母亲商量，看能否换一个拍照更佳的方位？不料母亲十分固执，坚持要在老梨树留下一张全家福的照片。儿女们拗不过母亲，最后，还是让摄影师按动了快门。

第二天，照片送来了。儿女们心里不太高兴，因为老梨树的浓郁树阴，让他们脸上少了点灿烂阳光和笑容。母亲却十分高兴，像似完成了心中一桩多年的夙愿，端端正正地挂在墙上。

母亲对四个儿女说："这棵老梨树，是你们父亲和我结婚时栽的。虽然，他不在多年了，你们也都长大成人……但全家福的照片上，怎么能少了他呢？"

结婚十年

结婚第一年,女人的表哥上门借钱,男人说你表哥好逸恶劳,爱赌博,这钱一分不能借。女人柳眉倒竖,说:"姑舅亲,打断骨头连着筋。"就借了5000元钱。结果,肉包子打狗有去无还。

结婚第二年,男人的舅舅生重病住医院。男人便与妻子商量,送1000元钱去,尽一份外甥对舅舅的孝心。女人把薄嘴一撇,说:"又不是你爹,500块钱就行了。"

结婚第三年,女人见人家炒股赚了钱,眼红了,执意要把买新房的钱投进股市。男人说你初次涉足股市,最好先探一下深浅。女人撒泼起来,说:"我们离婚好啦,明天就去法院!"

从那以后,男人就把自己常拉的二胡悬挂在墙上,沉默起来了。

从那以后,这个家里只有女人的声音。

终于,在结婚的第十年,也就是人们常说的婚姻"危机期",男人和女人离了婚。那一天,男人如释重负,带走了儿子。

那一天,女人则后悔万分,发怔望着墙上那一把布满灰尘的二胡,这么多年为啥没有仔细听听它的声音……

意外的奖励

自从爱犬阿黑失踪以后，我对住一楼的黄胖子恨之入骨，我有三大理由证明阿黑是遭到他谋害的。

第一，黄胖子生性嘴馋，天下没他不吃的东西。有一次我和老婆在厨房合围打死一雌一雄两只老鼠，用火钳夹着欲扔进楼外的垃圾箱，被他看见了，连声嚷道："怎么好的佳品，扔了岂不是可惜，我正愁晚上没下酒的菜呢。"并当着我的面，三下五除二，将这对老鼠"夫妻"开膛剖肚，惨不忍睹。阿黑又肥又壮，比鼠肉更有一番滋味，况且眼下正是吃狗肉的冬季，黄胖子能不动歹心？

第二，阿黑有几次可能是憋不住了，不慎在一楼拉了几坨屎。黄胖子看见了，捂着鼻子大骂，"妈的，臭死了，畜生是吃屎长大的不晓得事理，主人也不晓得拿把扫帚扫一扫。老子家成了狗厕，下次要是再在我家门口拉屎撒尿，老子非宰了它不可！"他黄胖子凭啥要跟阿黑较劲，用心何在？可见他早就蓄有谋害阿黑之心。

第三，自从他老婆到广东打工去后，隔三差五，黄胖子总要弄几个来历不明的女人"解渴"，晚上偷偷带回家。阿黑的耳朵灵，加上黄胖子平时待它不善，自然就有一番狂叫！黄胖子便恼羞成怒，暗中买了一根钓鱼竿，钩上系着一块掺有"老鼠强"的肉包子，那天中午趁没人之机，将竿子伸到二楼我家门口"钓"阿黑，幸亏被出门的老婆发现……

就因为这三大理由，我发铁誓，黄胖子让我失爱犬"痛不欲生"，我一定要还他个"身败名裂"，此仇不报非君子。

机会终于来了！这天傍晚，我从公司下班回来，看见一辆面的停在楼门口，钻出黄胖子和几个嬉闹的男女，其中两个是个体老板。我一看就明白了，是黄胖子约到家里赌博的，黄胖子家是个"赌窝"。

于是，我赶紧跑到没人的地方，掏出手机向警方报案："110吗？花园小区11幢二单元一楼有个绰号叫黄胖子的在家聚众赌博。对，对！一楼左侧的那家，这伙人是惯赌，每次赌局都在十万元……"

报了案之后，我又赶快跑回家，倚在二楼窗口瞧热闹。这回有你姓黄的好看，就算你不身败名裂，警察也会朝死里罚，还要请你到拘留所蹲几天。我正偷着乐时，一辆警车飞快的驶来了，跳下几个警察，冲进楼门，却蹬蹬的朝楼上冲来。我心里挺纳闷，这是咋回事，黄胖子明明住在一楼，警察抓赌咋直奔上楼呢？

大约10分钟，警方押着几个男女下楼来了，其中一个警察还提着一个塑料袋，里面竟然是装着海洛因、摇头丸等毒品。

第二天，警察按照我报案的手机号码，通知我去公安局。因为我帮警方破获了一起特大贩毒团伙，奖了我5000元赏金。我这才知道，是警方听错了，将我说的一楼听成七楼，冲上去踹开门时，这伙人有的在吸毒，有的在包装从边境贩回的毒品，没想到警察从天而降将他们一网打尽。

这伙毒贩还交代，阿黑是被他们谋害的，因为阻碍了他们的夜间活动。

黄胖子却受此惊吓，跑到广东跟他老婆一起打工去了。

第二辑·泣血的假币

谁先盖楼房

牛尾巴村是个穷山村，20多户人家，自从二黑的媳妇白妞到深圳打工，一次寄回5000元钱之后，村里除了翠花和春儿外，就再看不到年轻的女人了。

去年6月，村里的"新闻人物"白妞从深圳回来，可真风光，密码箱里装着大捆钞票，脖上吊着手机，连戴的都是嵌宝石的金戒指。翠花的男人大柱就改变了主意，让翠花跟白妞去深圳挣大钱，春儿也动心了，到深圳能挣这么多钱，她爹的病就会治好，两个弟弟也能继续读书了。

白妞本来只想带翠花一个人走的。翠花虽然生过孩子，长得蛮俊俏，两个奶子对男人十分有魅力；而春儿相貌和胸脯平平，一点也不性感，而且从娘胎出来一只腿就落了残。白妞就对春儿说："深圳那边是'特区'，你腿瘸，又没个漂亮脸蛋，去了后谁会要你？"春儿说她有一双手，不怕苦和累，就是到饭馆洗碗碟抹桌也可以，见春儿执意要跟她去，白妞又说，"你要去也行，到时候找不到工作，你可别怨我。"

到了繁华的深圳后,翠花很快找到了工作,每天跟白妞到桑拿屋给男人捶背捏骨头,春儿却不行,瘸着腿找了半个多月的工作,连洗碗碟抹桌的活都找不到。后来,好不容易找了个当保姆的活,没干一个星期,雇主嫌她手脚笨,不会做饭弄菜又将她解雇了。

春儿就想回家,白妞和翠花也巴不得她早点走,尤其是翠花,她已经把身子当成了"摇钱树",嫌春儿碍事。春儿离开的那天,白妞和翠花将她送到火车站,白妞说:"春儿,回去告诉我家二黑,今年我非得挣上10万元,最先在村里盖一幢漂亮的楼房。"翠花也嘱咐道:"春儿,你回去告诉我家大柱,让他先选好楼房地基,一定要第一个在全村盖楼房。"翠花还拿出5000元钱,让春儿带回去交给她男人大柱。

春儿回到了村子。男人们因为没有女人,每天闲得无聊,都聚集在大柱家抹牌赌博,满屋乌烟瘴气。春儿就将大柱叫到外面,把5000元钱给了他,大柱趁机捏了下春儿的屁股,低声说:"今晚我去你家……"

转眼到了年底,翠花和白妞从深圳回来了,还没进村,就看见一幢刚竖起的青砖红瓦楼房。白妞高兴地说:"这准是我家二黑盖的,上次我打电话回来问情况,二黑说已盖了一半。""这一定是我家大柱盖的。"翠花抢着说,"今年我前后寄了8万元钱回来,不然这楼房咋这么气派。"

两人正争论时,只见楼房走出一个穿裘皮大衣的女人,一瘸一跛,却是春儿,笑吟吟地跟她俩打招呼,"回来啦!"

"这楼房是你盖的?"白妞吃惊地问。见春儿点点头,白妞的脸色忽然变了,原来春儿手中戴的那枚红宝石戒指,是她去年带回给男人二黑的，翠花也发现，春儿所穿的裘皮大衣，还是她上个月寄回来的。

惊愕之中，两个女人像似同时省悟了过来，边哭骂着，边各自发疯般朝家中跑去……

泣血的假币

林发儿随旅行社组团到四川"七日游",他身上带了1000元钱,另外还有五张特殊的百元钞票,准备在旅游途中找机会灵活"消费"。

说白了,这五张百元钞票是假币。这也不能怪林发儿,他开个小杂货店起早贪黑的容易吗,偏偏就有黑心的人拿假币骗走他的真货。按理说假币应该交给银行,可林发儿却不甘心,人家蒙骗了他,他为啥不能蒙骗别人?这次来四川旅游正是这样一个好机会,因为他知道,在一些旅游途中的山区路边,经常有零散卖土特产或鲜果之类的农民,没见过啥世面,假币容易出手。

果然,林发儿还真得手了。

这天是5月10号,旅游大巴离开都江堰,驶往卧龙自然保护区,沿途风景秀美,不料在映秀镇附近一处两山夹峙的地方熄火了。同行的游客都未下车,林发儿却趁司机修车的机会独自下来,原来,近处路旁有一个老汉蹲在那儿卖家腌的猪肉和干笋。这老汉头缠白巾,背稍驼,腰间别着烟袋。林发儿便拿起两把干笋,假意看了看,问老汉卖多少钱？老汉迟疑了下，说 13 块五毛一把。林发儿说不贵不贵，两把干笋才 27 块钱，比城里便宜多了！就从内衣口袋摸出一张百元假币，让老汉找他 73 块钱。

老汉没细看这张百元假币，就快快收下了，接着从身上掏出一大把零币，数了一遍又一遍，生怕多找了一分钱似的。林发儿见状，忙催促道："车马上要开了，快点！算了算了，你就找我 70 块钱吧。"

老汉赶紧把数好的钱递给他，同时露出一种感激神色。

谁知林发儿走开没几步，身后传来老汉的声音："哎，同志，你等下。"林发儿心里一惊，以为百元假币被老汉识破了，慌忙扭头盯着走上来的老汉。

不料，老汉冲他笑笑："你是出来旅游的，带有不少百元一张的票子吧。"

"你、你想干啥？"

"嘿嘿，我想跟你换 4 张。"

林发儿一听不禁暗喜，这可是找上门的生意，此刻不把身上的假币推销出去，还等待何时？于是，他马上掏出内衣口袋的 4 张百元假币，一下全都换给了老汉。而老汉虽然递给他的都是 5 元、10 元的零币，却叠得整整齐齐，连个皱纹都没有。显然，这老汉早就作好换大票的准备。

林发儿快快登上大巴，回过头再看时，只见那傻帽的老汉正咧着嘴笑，反复数着手中所换来的五张百元假币，还对着阳光照来照去……

转眼两天过去了，也就是 5 月 12 号这天。旅游团从卧龙自然保护区返回，路经映秀镇正是下午两点多钟，司机就将车停在山路边，让游客们下去方便和活动一下,因为途中再不停直接到成都。唯独林发儿没下车,因为他看到公路上,那个被他蒙骗的老汉正走来,林发儿心虚,不敢下车。正当他贴着车窗瞅望时,突然天摇地动起来,刹那间,刚才还静谧的山峰腾起一股尘埃,大量滚石如脱缰的野马轰隆而下,"地震了!地震了!大家快逃呀!"不知谁惊喊了一声,所有的游客只恨少生了一只脚,顿时四散逃开了。

等林发儿惊醒过来,车顶已被滚石砸开了一个窟窿,车门也被堵死了。林发儿情急之下,赶紧一缩身子像猴似的从车窗跳下,谁知没跑几步,就被一块石头击中脑壳,重重摔倒在地,鲜血直流。他忍着疼痛挣扎地爬起,没想到又一阵剧烈的天摇地动,人像踩着海绵站立不稳,他又一下摔倒了,山上滚石也挟着泥土哗哗垮塌下来,林发儿不禁惊恐万分,心想完啦,我今天死定了!

正在这危急关头,一个干瘦的身躯扑上来的同时,猛地将刚站起的林发儿推开,硬生生顶住背后一块袭来的滚石,半个身子也被泥土重重压住。林发儿摇晃晃爬起,发现舍命相救他人,竟然是他害怕见到的那老汉时,他一下子扑了上去,拼命扒着老汉身上的泥土,"大叔,大叔,您醒一醒!"

老汉已经受了重伤,双目紧闭,血不断从嘴边流出。等林发儿把他从泥土扒出,地震间歇停止了,近处山上仍有乱石轰隆滚而下,一种剧痛也让老汉此刻苏醒过来,显然他知道自己快不行了,吃力地从衣袋里掏出一封血染的信,递给林发儿,"同志,麻烦你……一件事,我有个娃儿在北京念大学,有几个月没给他寄生活费了。我刚才准备到镇上……邮汇过去。没想到……这封信和里面的钱、钱,麻烦你帮我汇给娃儿……"

林发儿忍着悲痛点点头,"大叔,您放心,我一定会寄给您娃儿。"

老汉的脸上露出笑容,突然喷出几口鲜血,再也没有苏醒过来。

林发儿颤抖之中打开信袋,不禁惊呆了,信袋所装着的五张百元钞票,恰是他前两天换给老汉的假币。

林发儿"卟嗵"一下跪在老汉面前,边狠打着自己耳光,边痛哭流涕骂了起来,"大叔,我的良心叫狗吃了,我对不起您……"

还你一群羊

那场大地震已经过去三年了,对于在外幸存的打工仔来说,永远无法抚平的是心头的悲伤和思念。

这天,龚二喜一下班,就早早带着祭品来到厂子角边的空地,打开一瓶酒,朝地洒一点,就哽咽喊一声爹,中秋到了,您可好?再洒一点,就喊一声娘,然后是哥嫂。一瓶酒还没洒完,他早已泪流满面。他的家在汶川山区,那场大地震发生时,他爹赶着一头猪到小镇去卖,攒下卖猪的钱准备他娶媳妇用的,被滚下的巨石砸死;在家的娘被垮塌的房子压在底下,而在地头劳作的哥嫂,则被野马般的泥石流无情吞噬……

龚二喜摆上月饼、鱼肉,正悲痛地与家人"团聚"时,突然手机响了,他打开一听,是个陌生人的声音,"你是龚二喜吗,哎呀,总算找到你了!有人让我捎个口信,请你务必回去一趟。"

"什么,有人让我回去一趟?"

"不错,请你去一趟猴子岩村。你知道那个地方吗?"

"猴子岩村?"龚二喜脑海里依稀记了起来,那地方离他昔日的家有20多里路，林深坡陡，是个只有10多户人家的小山村。但那地方并没有他家的什么亲戚呀。于是，他马上追问："是什么人找我，有啥事吗？"

"具体情况我也不太清楚。"电话那一端的声音稍顿了下，"听说是个叫耿老伯的人找你，他不知托了多少人。好像是、是为了一笔什么债的事儿。"

这是一笔什么样的债，让那个叫耿老伯的人费如此周折？龚二喜马上想到：这笔债一定是哥嫂结婚的那年，母亲又患病住在县医院——父亲托人向这位耿老伯借的。总之，人家当年好心借钱给父亲，帮家人渡过了难关，如今父母哥嫂都不在了，他必须一分不少地还给人家。决不能让九泉之下的父母哥嫂不得安宁。

三天后，龚二喜回到汶川，来到了猴子岩村。一个披着旧羊皮袄、身体瘦弱的老人，坐在靠土砖墙角的床上。龚二喜放下手中的水果兜说："耿老伯，我就是您要找的龚二喜。"

"你就是二喜？"老人打量了他下，眼中一下放出亮光，变得十分激动起来，"娃儿呀，我老汉终于盼到你来了！"他不由紧紧抓住龚二喜的手，随后，又颤抖抖地从枕头下掏出一个裹了一层又一层的旧布包，递给龚二喜说："你数一下，三年来卖羊的钱全在里面，总共是五千五百八十块六毛九分。"

"老伯，啥卖羊的钱？"龚二喜不禁怔住了，他是替父亲来还道义之债的，咋一见面，这位叫龚老伯的老人先掏出这么多钱，让他点个数收下呢？

老人便叹了一口气，缓慢讲述了起来。原来那场大地震发生后的第五天，他到山上寻找他家的羊群。在山区，养羊的人家没有羊圈，而是三五一群地放在附近山上，任羊群自由活动和繁殖，有时间就去山上查看一下。让老人吃惊的是，他家的羊群竟然多出了七八只。这些羊不是本村的，脚上都套有小铁环子，是从别的地方逃过来的。为了寻找到羊的主人，老人拄着一根棍子，翻山越岭，不知跑了多少村子。直到去年冬末，才打听到，这七八只羊是20多里外龚家垴村的，但该村已在大地震中变为废墟，而羊的主人龚德奎家，除了二儿子在外头打工外，其余的全部遇难无一幸免……

这三年来，老人一直精心照料着龚家的羊，羊儿也繁殖快，已经由原来的七八只发展到30多只了。由于老人年纪大了，身体虚弱，又患上严重的气喘病，所以，前不久他就将这些羊卖掉了。而卖羊所得的钱都用旧布包好，放在自己枕头下，只盼着龚二喜早点儿来，亲手交给他。

看着接过布包的龚二喜，老人像似松了一口气，"娃儿呀，今天你来了，老汉也了一桩心事。"

龚二喜想让老人留下这笔钱。老人的神情却变得严肃起来，说山里人没那么多客套，该是谁的，就是谁的，我只是帮忙料理了一下，这也是乡邻之间应尽的义务。就是个外乡人来咱山里，讨碗茶水喝、晚上借个宿，谁家要过一分钱？

老人又语重心长地说："娃儿呀，山里的苦楝树虽然不起眼，但每一根都是挺直的。在外头做人也应该这样，因为你的根在这儿，还是咱山区的娃，以后你要经常回来看看。"

龚二喜不禁泪流满面，大地震摧不垮的山区的人啊，这里蕴藏着多少浓厚的情和意，山区人啊，金子般的心，世代都是这么淳朴和善良。

离开猴子岩村的第二天，龚二喜又加了四千多元钱，凑成一万元的整数，捐给了山区最偏远的一所希望小学……

悬壁上的那群猴子

白岩村原是个山清水秀的村子。县肥料化工厂被原厂长钱贵买断之后，钱贵请白岩村的原村长吃喝了一顿，给了原村长一点好处，又给了村子三万元占地补偿费，村子那片绿茵茵的低洼地，便成了钱贵厂子的废垃圾处理场。

这下可坑苦了白岩村。没多久，这些废垃圾经过雨水的冲洗，将村前的小河污染了，一些长在田地的庄稼也枯黄了，村民们联名告到乡政府，乡政府就罢免了原村长。

高考落榜回村的二保便当选了村长。

二保多次到县城告钱贵，要求他赔偿村里的损失。但钱贵手中捏有与原村长签订的协议，并且，给了村子三万元补偿费，加上钱贵四处活动塞钞票，一直拖了半年之久，才由县环保部门出面，责成钱贵赔偿了十万元钱，不准再往白岩村倒废垃圾了事。

可白岩村被污染的河水和土地，谁来出钱治理呢？二保又去县城找钱贵，要求他拿钱治理白岩村的环境，钱贵正为赔偿的十万元票子心疼，不禁一下跳了起来，瞪起牛眼骂道："该赔偿的赔偿了，该罚的罚了，还要老子治理什么污染？"钱贵就将二保推出门，还凶狠扬言说老子没扶贫济困的义务，你小子有本事就去告，我姓钱的不怕，也甭想老子拿一分钱替你们治理环境污染，快滚快滚！

二保被钱贵逐出来时肺都气炸了，心想你钱贵仗着钱势欺人，老子就不信邪能压正，非得想个狠法子治治，让你姓钱的在白岩村拉的屎自己舔干净。正值深秋季节，二保回到村子时，只见村后山那片长有大树的悬壁上，出现一群嬉闹的猴子，在树枝上蹦来跳去，好不热闹。原来，每年的这个季节，总有一个猴的家族从别处徒迁来，在白岩村这片悬壁上栖息和过冬，一直到第二年春上头才离开。不知何原因，这个猴的家族已有几年没来了，没想到今年又出现在悬壁上。

但村民们却忧心忡忡，议论纷纷，因为河水和土地被污染了，这群猴子只怕也要遭殃。二保皱着眉听着，突然大脑电光一闪，连声叫了起来，"好，好，我有办法了！"

第二天一大早，二保又去了县城，这回他不是去找钱贵，而是去县电视台，请记者扛上摄影机，来白岩村拍悬壁上的那群猴子。二保还配了一段新闻文字：在县领导的极其重视和关心下，白岩村的生态环境得到改善，就因为山清水秀、空气清新，已经消失多年的珍稀野猴又回来了，重新在悬壁上安"家"。

很快，白岩村有野猴栖息悬壁的"新闻"，在县电视台播放了。几天以后，省电视台也在新闻时间播放了，这下引起县领导的关注。这天，县长亲自带着一行人来到白岩村考察野猴的生存情况，二保陪同着走向后山，当看到悬壁上追逐而嬉闹的猴群时，县长兴致盎然，说将来这里可以搞旅游景点，并亲切问二保："二保同志，你是村长，说说这悬壁上一共有多少猴子？"

"我观察了两天，也数了下，前几天有三十只，昨天只有二十八只了。"

"怎么会少了两只？"县长更关心了，脸色也变得严肃起来，"是不是有偷猎者光临过，一定要查清楚。国家早就有了保护野生动物法，我今天在这里说了，谁敢危害悬壁上的这群猴子，我就对谁不客气，情节严重者交司法机关处理。"

"县长，你放心好啦，有村民保护，偷猎者没狗胆敢闯到这里来。"二保看看露出笑容的县长，有意停顿了下，你们没来前，我让两个村民上悬壁看了下，那两只失踪的猴子在洞穴里，可能是下来喝了有污染的河水，正像人一样上吐下泻，其中一只还是喂奶的母猴——"

"什么，这儿的河水污染了？"县长深感吃惊了，不相信地摇摇头，"怎么可能，是怎么污染的？"

村民们就哗地围了上来，七嘴八舌说开了，并将县长一行带到附近的垃圾现场。县长一看就火了，质问随同来的县环保局长，你知道这个情况吗？局长点头说我们已经作出处罚，忙将县长拉到一边，说了下对钱贵的处罚情况。"不行，这样处罚太轻了！"县长没听完就严厉地打断，"就十万元补偿？那么这污染的环境谁治理？我们连悬壁上的这群猴子都保护不好，像话吗！告诉钱贵，白岩村的环境污染他必须拿钱治理，否则，封掉他的肥料化工厂，再让村民们到法院起诉，谁庇护或为他说情，就按渎职论处。"

说完，县长一行人就走了。

第二天上午，钱贵像霜打的茄子似的来了，哭丧着脸找村长二保。见二保和村民们正在起草状子时，钱贵慌忙拱手作揖，说求求你们别告法院了，他愿意私了，除对每户村民的赔偿，他再拿出两百万治理白岩村被污染的环境。钱贵还再三恳求村民们，无论花再多的钞票，也不能让悬崖上那群猴子有个三长两短……

石蛋蛋

涂家垴是一个贫困的山村,这几年在县政府扶持下,村里种了不少橘树。但由于地处偏僻、交通闭塞,到了收获季节,大部分橘子运不出去,眼睁睁看着都烂掉了。

村里有个叫二浑子的青年,今年提前跑省城联系,到了橘收季节,租来辆"东风"来村里拖橘。因天下起雨,山路泥泞难走,二浑子就在村旁捡了不少石蛋蛋,以防途中陷车时垫底。这种椭圆形的石蛋蛋比村里的橘子还多,家家都是用这石蛋蛋来垫地基,堵墙缝,甚至猪圈都是用石蛋蛋垒成的。

不料刚一运到省城,车子发生了故障,因乱停车警察要罚款,司机就将车停在一家宾馆的停车场,钻进车底检修起来。二浑子也帮忙,看见有一颗石蛋蛋卡在车胎缝隙间,刚伸手抠出来,被两个刚下出租车的"老外"看见了。其中一个满头银发的"老外"马上如获珍宝,同另一个蓝眼珠叽里咕噜了一阵。蓝眼珠便走过来,拍拍二浑子的肩膀,用半生不熟的中国话问:"这东西是你的吗,能不能卖给我们?"

二浑子一听乐了，这两个"老外"准有神经病，怎么到中国来旅游，连中国的石蛋蛋都要？蓝眼珠见二浑子迟疑不决，又拍了拍他的肩，"你要卖多少钱？说个价吧。"二浑子抓抓脑壳，心想人家是外国人，到中国来就是客人了，既然非要花钱买，我就象征性收点钱算了。二浑子因不懂外国话，就对这两个"老外"伸出两个手指，意思是2元钱。没想到满头银发的"老外"高兴点点头，马上掏出了一厚沓人民币，二浑子接过数了下，竟然是2000元钱，不禁又惊又喜！没想到外国人给钞票这么慷慨。当下两个"老外"还让他留下村址和姓名，说便于以后再联系，二浑子就爽快地写了。

第二天橘子销出去后，二浑子喜颠颠地从省城回来，还没进家门，就被乡派出所传讯了去。追问他是否卖给了"老外"一枚石蛋蛋？原来那两个老外坐飞机回国时，被海关人员截住了，说出了二浑子的村址和名姓，这样上头追查到乡派出所来了。

二浑子说有这回事，我没盗卖国家文物，只是村路边没用的石蛋蛋，村里人都用它来垫地基、垒猪圈，那两个老外是钱多没地方花，让他发了一笔意外之财。

"谁说石蛋蛋没用？"乡派出所所长拍桌呵斥起来，"这是最珍贵的恐龙蛋，国宝！要是让那两个'老外'带出了国，一枚价值100万美元，比全乡的年收入还要多几倍！"

二浑子被乡派出所罚款了3000元。一年以后，涂家垴成了省重点恐龙化石的旅游区，吸引了大批的中外游客，村里人都说，二浑子不浑，要不是他把石蛋蛋卖给"老外"，小山村还摘不掉穷帽子哩！

刘二毛发迹

刘二毛是县城的下岗工人，6年前在快活坪开了一个便民餐馆，上头整顿起了"吃喝风"，一些单位的头儿就找到快活坪刘二毛的餐馆，因这里离县城四五里路，又挨着106国道，吃了喝了，把油嘴一抹几分钟就能返回县城。

刘二毛的生意一下火暴了。

如今5年过去了，刘二毛早已腰缠万贯，将便民餐馆改成了春风大酒楼，门前是偌大个停车场，食客们每天的残酒剩羹，也都倒入酒楼后面的池塘。一些人见刘二毛开餐馆发了，也纷纷到快活坪开起餐馆酒楼。不料没一家的生意比得上刘二毛，每天中午和晚上，只见从县城来的各种小车，都拥挤到春风酒楼的停车场，刘二毛则满脸堆笑，忙着招呼和递烟，"哈哈哈，张科长来啦！哟，那不是王局长吗，请进请进……"

要说刘二毛的生意为啥红火？并不是他经营有方，而是他有几道与众不同的"特色菜"，像红烧酒鳖呀、罐熬酒龟汤呀、板栗烧酒鸡等等。厨师在烹调这几道特色菜时，并没有放酒，可食客们吃起来,却能品到"佳肴中有酒,酒中有佳肴"的美味。由于这几道菜出了名,县领导也经常陪着上头的来客光临春风大酒楼。

这日,随县城领导来的是省扶贫办主任,品尝了这几道"特色菜"后,不禁拍桌叫好,"不错不错,就是到北京上海那样的大城市,也很难吃到这样有特色的地方菜。"

这位主任又夹起一块酒鳖肉,边塞进嘴里,边带着批评的口气对县领导们说:"你们县有这么好的独特资源,为啥不能号召全县农民因地制宜,推广和发展酒鳖酒龟酒鸡这类的养殖业,去占领国内和国外市场?不能老靠省里拨款救济嘛!"这样吧,你们赶快搞一个市场调查报告,作为全省新千年第一重点扶贫项目,我给你们批100万元。"

省扶贫办主任走后,县里决定由郭副县长挂帅,成立了一个专发展酒鳖酒龟酒鸡的养殖业班子,简称"发酒办"。谁知跑遍了全县的集贸市场,都没打听出酒鳖酒龟酒鸡产于何地。这日,郭副县长就来找刘二毛打听,刘二毛眨巴了下眼,哈哈笑了起来,"市场哪有卖的,这酒鳖酒龟酒鸡是我自己养的。"

"啥,这些玩意是你自己养的?"

"是呀,你没看到我酒楼后面是一口池塘吗?食客们每天吃的乌龟王八,就是我派人从这塘中捞出来的。"刘二毛见郭副县长疑疑惑惑,吐出了一口烟将实情告诉了郭副县长。原来五年前见生意火暴起来,刘二毛就租下酒楼后面的池塘,利用酒楼每天的残酒剩羹,倒入塘中养起鳖和乌龟,以后又在塘边办起养鸡场。

郭副县长不相信,"那咋吃起这些玩意,会有酒的那股味呢?"

刘二毛却狡黠地笑笑,拖着腔说:"可能是池塘倒进了残酒,喝得多了,我养的乌龟王八都变了种。"

郭副县长仍然不信，暗中派人取塘水回去化验，果然刘二毛这次没说谎话，塘水中含有高浓度的酒精，甭说是刘二毛养的乌龟王八和鸡，就是人喝了，日子一长，也会变成"酒人"啊！

"发酒办"很快取消了，刘二毛的生意却仍然火暴。

做特护工的女人

三妮是个苦命女人，儿子3岁的那年，男人在煤矿出了事，变成个只有心跳而没有任何知觉的"植物人"。

男人在病床躺了17年，似乎做着一个永远做不完的梦，始终没跟自己的女人说一句话，点一个头。三妮每天也只是默默地弯着腰，做着一个妻子对病中男人该伺候的那些琐事。但碰到打雷下雨的夜晚，她总会抓起男人露在外面的手，紧紧贴在她滚烫的面颊上，一直到天亮。结婚前她就知道，男人害怕晚上打雷……

医生原来诊断男人活不了五年，三妮硬是让她男人的心脏多跳了12年。

然而，男人还是在今年死了。

男人死了，三妮并没有解脱出来，她还有一个已经上大二的儿子，这是她这个做母亲的希望。另外，她自己要生活，得找一份工作。

三妮就自己找，托亲戚和熟人找，并到过几家私营企业应聘，都被人家打发了出来。

三妮最后找的是县城附近的一家纺织厂，刚投产，正缺人。老板还蛮热情,问她多大,她说43差不了几天。老板摇摇头,问她你以前干过这行吗?她说可以学。老板又摇了摇头。问她究竟能干什么。这下把三妮问住了,是呀,她能干什么呢?过去的17年时间,她全心照料变成"植物人"的男人,一天三次替男人揩擦身子,喂食物,端尿盆,最多就是上山挖点治褥疮的药草。除了这些外,她根本就没有想到自己的以后……

老板说:"我要的是上岗就能纺纱的人,你这也不会,那也干不了,对不起大妹子,你还是请回吧。"

事情就发生在回来的路上。

差不多要黑了,天也变了,雷雨前夕骤起的风旋卷起一阵灰尘,纷扬扬泼向急着回家的三妮头上和身上,同时也裹着一辆载货摩托直闯过来,将三妮一下撞倒在地,滚了几个滚,昏厥了过去。肇事者吓坏了,赶紧将三妮送往医院,就是三妮照料了男人多年的县医院。

经过医生拍片检查,三妮的伤势并无大碍,但为啥处于休克状态?医生诊断说,可能是精神上惊吓过度、也可能是其他原因造成的,先入院观察两天,三妮就被送入了病房。

晚上雷声大作,风雨哗哗下个不停,直到天亮才安静下来。

医生早上查病房,三妮不见了,问护士,护士说她凌晨就醒过来了,还看见她端着便盆到厕所。医生就和护士找,来到顶头的一间病房,这房里的病人是前天送来的,今天要动手术,因家属远在鄂西北,还没能赶过来。

推开虚掩的门,医生和护士吃惊看到,病人仍在熟睡之中,三妮也靠在床前睡着了。昨晚雷声大,被她抓着的病人那一只手,还贴在她的左面颊上……

以后,三妮就成了医院的陪护工。

石塔上的石榴树

娘生他的那会儿，他爹一直蹲在院门口，眼神儿发怔，瞅着河边的那座老石塔，像似才发现塔顶那地方冒出的一棵像狗尾草一般的树儿。

他呱呱落地了！他爹也琢磨好了他的名字，娃儿像石塔缝隙冒出的树儿就叫石根生。

石根生的以后就与石塔上的小树连在一起。

石塔上幼嫩的的树儿没人管，日晒雨淋。石根生虽然有娘亲，有爹呵护，生活并不比石塔上的树儿好多少。山里土地贫瘠，家里日子也艰辛，石根生读到小学六年级，脸黄黄的。瘦小的他仍坐在课堂前排。每天放学以后，还得放牛，背着破筐打猪草，一双鞋总露着四个窟窿。

石塔上像狗尾草的树儿在长，石根生也在长。而且，都从那个缺衣少食的岁月挺了过来。当石根生以优异成绩考上县重点高中的那年，人们才惊讶发现，身子歪斜地长在石塔缝隙上的，竟然是一棵能绽放红花的石榴树。

三年以后，走出去的石根生成了小山村的第一个大学生。

又过去了几年，当石塔上的石榴树结出果实时，石根生已经在城里扎了根，并且当上了管人事的局长。

像狗尾草那样渺小的岁月过去了，石根生以后回来，也不同凡响了，除了受县和乡里干部轮番盛情接待外，乡亲们看他也得仰起头，就像看石塔顶上那棵歪长着的石榴树。

石根生最后一次回家里，是他将调到沿海某个市当副市长。八月的黄昏，落日迟迟没有下山，余晖抹在早已发胖的石根生身上，他踌躇满志。

父子俩站在院门口有一阵子了，望着河边石塔上的那棵石榴树，他爹面色有些忧郁，他说："那树还在歪长，塔缝隙的那点土差不多被它掏空了。只怕哪一天，一场大风就会把它连根一起掀下来。"

石根生就望着他爹。

他爹缓了一下，又说："其实这些年来，村里人也没沾到它什么光，果子从塔上坠落下来，没一个好的，不是涩嘴，就是生虫眼……"

"爹，你可不能这么说，"石根生有些不快，打断道，"你没看它生长的是一种什么环境，那石塔原本土壤就少，缺营养和水分。它能长成这个样子，就已经很不错了。村里人没吃到石榴，就说它酸，那只能说是他们自己没本事。"

石根生又带开玩笑地口气说："如果它真有一天倒了，从塔上栽了下来，一定是功名所累。"

石根生在家里住了两天，在他娘枕下塞了3000元钱，他回来后才发现，钱又原封不动放在他的黑包里，还有一瓶治胃痛的药。

可以说，石根生在山外当了多年官，山里的爹娘从不给他一点压力和负担，做爹娘的永远只有付出，总是朝好处想，爹娘不要儿子的钱财,儿子石根生就不会腐败,他每月两三千元的工资,出门有小车,宽敞的房子可以住四代人。儿子石根生没有腐败的理由呵!

终于还是出事了。

这年一个雷雨交加的晚上,歪长在石塔上的石榴树,或许是抗不住风雨的威力,或许是塔缝隙的土壤真被它掏空了。总之,在一阵惊蛰的炸雷声中,石榴树訇然倒塌了下来。

他爹一夜没睡好,眼皮老突突直跳。就写信告诉儿子石根生。信到的那天,石根生没在市政府那间办公室里,他正被囚车押往监狱的路上……

乡长这回死翘翘

大别山腹地有个红枫村。一场大雷雨过后,红枫村村办小学的两间土砖教室被暴雨冲塌了,虽然没伤着老师和孩子,但全村40多名孩子却无法上学了。

金村长心急如焚,这天他跑到乡政府找庞乡长,要求乡政府拨万把块钱,买点钢筋和水泥修建村小学。庞乡长满脸不高兴,瞪瞪眼不耐烦地说:"县里就拨了那么一点扶贫救济款,不都发给了贫困户吗?哪还有啥专项救济款?马上就要秋播了,我正为全乡买种子的问题发愁呢。"

见庞乡长漠不关心,金村长心里直骂娘,你庞乡长每天吃吃喝喝,甚至到县城寻乐泡妞,花的不都是扶贫救济款吗?该干正事的时候你跟我装腔作势。于是,金村长咬咬牙,对庞乡长说:"既然乡政府不能解决,那好,我现在就去县里找县长!"

"啥,你要去找县长告状?"庞乡长见金村长扭头朝外走,慌了,忙一把拉住金村长的衣袖,换上了笑脸,"不要这么激动嘛,来坐,坐!"庞乡长硬把金村长按在椅上,又唉声叹气诉起苦来:"乡里确实没有钱，不信你问问桃源酒楼的老板，乡政府至今还欠他5000元招待费。不如这样吧，你准备点土特产，我帮你带到县里找刘副县长，他是主管全县扶贫……"

"我上哪去弄土特产？"金村长急了，涨红着脸，"村里每年就收那么点茶叶、板栗，不都被你庞乡长……"

"我说的这土特产，是野生的家伙。"庞乡长挥挥手打断金村长的话，又俯身把嘴凑近金村长的耳旁，"只要你金村长晚上带着电筒，拿上口袋，再带上几个小伙儿上山就行了。"

"你是说抓山鳖？"

"不错，上次我到县里开会，刘副县长还特意嘱咐我，让我下次一定给他弄上几只带去。"看金村长沉吟不决，庞乡长又拍拍他的肩，"这可是个顺水人情，既不要你花钱，又能让刘副县长满意。修建村小学不就万把块钱吗，刘副县长大笔一挥就解决了，你说是不是？"

金村长的心被说动了，点点头站了起来说："好，明天一大早我就把山鳖送到乡政府来。"

金村长回到村里，晚饭也顾不上吃，拿着电筒，带上两个小伙子，就上山抓鳖去了。

山鳖跟河湖的鳖不同，个儿大，通常躲藏于石缝或山林草丛之中，喜欢夜间出来活动，电筒照上去像似牛拉的粪便。由于是野生的，味道极鲜美，尤其是红烧，那香味老远就能让人流涎。因上头的许多领导喜欢吃这玩意，这几年山鳖也越来越少，有时一晚上能抓到两只就不错了。

这晚或许是山神起怜心，天亮时，金村长几个人竟抓到了5只山鳖，每只都有三四斤重。金村长让两个小伙回家休息，自己则顾不得劳累，提着装山鳖的袋子急奔乡政府。

庞乡长刚起床，见金村长送山鳖来了，打开袋子瞧了下，马上眉开眼笑地说："好好，金村长你辛苦了，回去好好休息，等我的好消息吧。"

这以后，金村长就数着日子等。一天过去了，两天过去了，时间过去了一个星期，依然不见庞乡长的动静。金村长坐不住了，他又来到乡政府，一进大门，正好碰见庞乡长。庞乡长先是一怔，随即换了副笑脸把金村长拉到一旁，一副嗔怪地口气说："这些日子我忙得很，村小学修建费的事，你再等几天吧。"不等话说完，庞乡长已经拔脚躲开了。

望着庞乡长转眼就消失的背影，金村长越想越不是滋味。辛苦一夜所抓到的5只山鳖，可能都让刘副县长吃进肚拉了出来，可村小学的修建费还没有着落！不行，干脆明天自己亲自去趟县城，亲口问问刘副县长。

第二天一大早，金村长乘车来到了县城。在朝县政府走的路上，金村长遇见了二黑。二黑也是红枫村人，靠着在县工商局当局长的舅舅，二黑在县机关食堂谋了个打杂的差使。

"金叔，你上当受骗了！"二黑听金村长说完来县城的原委后，气愤地叫了起来，"县里马上要搞人事调整，庞乡长早就想到县里来混个一官半职，他把那5只山鳖送给管组织调动的田副县长啦。"

原来，庞乡长提着山鳖到县里活动的那天，田副县长陪着妻子到省医院看病去了，庞乡长就委托二黑转交给田副县长，并且还嘱咐，田副县长要是回来了，就让二黑赶快给他打电话。可谁知一个星期了，田副县长还没回来……

二黑带着金村长来到县政府食堂，搬出装山鳖的木桶，金村长低头看去，5只山鳖已经四脚朝天，全都死了。金村长拎起一只山鳖，见山鳖的脖颈上满是蚊虫叮咬过的红斑。山鳖生性就怕被蚊虫叮咬，二黑并不知道，以为放在木桶里养着就行了。金村长望着木桶，怨也不是，嗔也不是，只道："小学修建费算是没指望了。"

二黑眼珠子转了几转，然后诡秘地笑道："金叔，我有办法了！"二黑一番如此这般地一说，金村长一会点头，一会瞠目，最后迟疑地说："能行吗……""金叔，你就回去瞧好啦！"

金村长拎起装着5只死土鳖的袋子，将信将疑地回红枫村去了。

当晚，金村长拿起筷子刚准备吃晚饭，院子里就响起了吆喝声："金村长在家吗？"金村长听出来了，是庞乡长的公鸭嗓。金村长的脸上掠过一丝微笑，起身迎了出去。庞乡长一见金村长，马上咧了下嘴笑道："金村长，我是特地给你送救济款来的。我说叫你不要急嘛，人家刘副县长说话就是兑现。"

庞乡长边说，边将包有一万元现钞的一个纸包递给了金村长，然后，又拍拍金村长的肩，"金村长，你的任务我完成了。不过，今晚还得辛苦你一趟，带上几个人上山，再给我抓5只山鳖怎么样？"

"庞乡长……"金村长深拧双眉，苦着脸说："你知道山鳖越来越稀少了，上次到山林抓时，我还被毒蛇咬了一口，差点送命——"

庞乡长一听急了，马上又掏出200元钱，递给金村长说："今晚无论如何要抓到5只，这200元钱算是辛劳费。"金村长接过钱，一副无可奈何的样子，"那好吧，看在庞乡长为村小学出力的份儿上，今晚我就带人上山去抓。"

庞乡长临上车时又拍着金村长的肩头，叮嘱道："明天一大早就给我送过去，千万别误了！"

金村长把头点得跟鸡啄米似的，"放心吧，误不了。"

第二天,直到日上三竿,金村长才提着袋子来到乡政府。庞乡长正等得冒火,他接过金村长手中的袋子,看都没看,一头钻进了吉普车,嘴上催促司机快往县城赶。

庞乡长躬着腰敲开了田副县长的家门。田副县长已经上班去了,只有田副县长的夫人在家。见县长夫人没有让他进屋的意思,庞乡长只好站在门外,满脸赔笑道:"田副县长昨天给我打电话,说夫人您吃了那5只山鳖很见起色,又吩咐我送5只来,你看……"

"什么那五只?"田副县长夫人满脸狐疑,接过庞乡长手中的袋子,心里生气嘟咕:"这个姓田的,说不准把那5只山鳖送给哪个狐狸精了……"

门砰然关上后,庞乡长才恍然过来,忘记告诉县长夫人自己的姓名了,送礼不能白送啊!于是,庞乡长隔着防盗门,扯着公鸭嗓道:"我是三道湾乡的乡长,我姓庞……"

庞乡长从县城回来的第二天,他关着房门闭目养神正做好梦时,突然,乡政府秘书急冲冲跑了进来,手里还拎着一只袋子。"庞乡长,这是田副县长叫人给你带来的……"庞乡长一眼就看出,秘书手里的袋子正是装山鳖的袋子。庞乡长想,该不是田副县长回报自己的礼物吧?他忍不住兴奋,当着秘书的面,迫不及待地打开袋子,伸头一瞧,"啊……"庞乡长的脸色顿时煞白,张着的嘴,能塞进一只拳头。

原来,袋子里除了5只四脚朝天的死鳖,还有一张纸,纸上只有两个茶碗大的字和一个棒槌似的惊叹号:找死!

沉默的山

在广东打工的耿二根,在得知爷爷病重的同时,也知道了一个天大好消息,埋名大山沟的爷爷耿大忠,上了省报。原来爷爷是一名解放战争立过功、负过伤的战斗英雄。

耿二根从懂事、到念初中,县里的人曾多次上门了解,甚至省里也派专人下来调查,希望能从爷爷口中得到证实——他就是当年参加著名鸭儿嘴战役中的那个耿大忠。那场阻击战太惨烈了,我军的一个营,与敌人一个师整整激战了三天三夜,山头被炮火夷成平地。直到我援兵赶来,一个营只剩下耿大忠和两名战士,还是从敌人尸体堆中扒出来的……

直到耿二根到广东打工前,县民政局的同志还上门说,只要爷爷拿出战争年代所荣获的军功章,除按月给抚恤金外,还将按国家政策给予功臣应享的其他待遇。可爷爷仍然像以前那样,蹲在门口一声不吭,叭嗒抽着旱烟,要不就磕下手中的铜烟袋锅子,沉默得像一座山。

耿二根匆匆赶到家时,爷爷已经不行了,从县医院抬回村,除了县民政局周科长和乡的领导外，还有省里来的记者。耿二根才知道，半月前，爷爷出了趟远门，村里人还以为他到广东看望孙子耿二根去了。几天以后，爷爷挂着拐杖回了，咳个不停，痰里带血。村长就将他送进县医院，谁知第三天上午，来了个记者和一个操山东口音的女同志，一看到病床上的爷爷，女同志马上惊喜地说："不错，就是这位老同志！"

原来，这位女同志是鸭儿嘴纪念馆的馆长。那天，下着蒙蒙细雨，馆内比较冷清，只见一位瘦个的老人，独自挂着拐杖，久久地凝视着庄严而肃穆的烈士纪念塔。女馆长心里感到疑惑，等她走过去时，老人走开了，只见塔前鲜花丛中，摆放着几枚系着红绸的军功章，像火焰一样那么耀眼夺目，又像似一簇绽放的报春花……

几十年悬而未结的英雄案子，终于水落石出。村长感慨地对二根说："你爷爷了不起，这是咱们全村的光荣啊！"

望着昏迷不醒地爷爷，耿二根鼻孔一阵发酸，想起了许多许多的往事，内心也涌出一股痛苦和复杂感情。爷爷呀爷爷，面对省里和县里多次上门来的同志，哪怕您吭一声，点个头，我爹就不会为一家生活奔波，死在异乡的矿井里；爷爷呀爷爷，我娘犯病那会儿，只要您说句话，哪怕拿出一枚闪光的军功章，我娘不会因药费问题而死。而我，您唯一的孙子也许就可以念完大学，考上研究生、或许到国外深造……可是，爷爷呀爷爷，您为啥让亲人无法理解，沉默得像一座山？

二根的泪水就像断了的线，叭嗒落在爷爷脸上。忽然，爷爷眼中也有了泪水，似乎醒了过来，像以前那样露出几丝慈祥笑容。这是"回光返照"——爷爷的生命走到尽头了。这时，县民政局的周科长进来了，看看爷爷，把耿二根拉了出去。

周科长说二根,有件大事差点忘了,关系到你爷爷抚恤金的问题。鸭儿嘴那场战役十分惨烈,据纪念馆的史料记载,你爷爷当时是连长,但据幸存的那两位老同志回忆,一个说你爷爷当时是副营长,一个说战斗刚打响时,营长就在敌机的轰炸下牺牲了,你爷爷被上级提升为营长,指挥全营战士与敌人展开浴血奋战……趁老人此刻还清醒,你去问一下,不能留下遗憾。

耿二根点点头,就赶紧进去了。

没会儿,屋里传出耿二根撕心裂肺的声音:"爷爷,爷——爷!"

显然,老人去世了。乡领导和记者、及村长和村里人都冲了进去,恸哭声一片。

耿二根眼红红走了出去,周科长沉重叹了口气,拍拍耿二根的肩,让他节哀,并关心问起来,"二根,鸭儿嘴那场战役中,你爷爷是营长,还是副营长?"

耿二根忍着泪水,摇了摇头。

"那么是连长?"

耿二根哽哽咽咽,又摇了下头。

"不对呀,"周科长抬起头,看看四周沉默的山,自言自语地说道,"老英雄当时决不会是排长、也不可能是班长,那么,老人临终前究竟是怎么说的呢?"

耿二根哇地一声哭了起来:"爷爷他、什么也没说……"

卖 鸟

刘二每天到花鸟市场卖他那只叫"黑戈"的八哥,卖了一个夏季也没卖出去。

这天是周末,刘二又来到人声嘈杂的花鸟市场,他神态悠然,嘴里叼着一根牙签,手中托着竹编的鸟笼,眯起眼瞅望了一会,打开手中的鸟笼,"黑戈"扑哧一声飞出,围着刘二的头顶盘旋了几圈,又一个俯冲,飞落到近处一个衣着时髦的女子肩上。

"小姐您好,吃饭了吗!"

时髦女子开始吓了一跳,当看到是一只羽毛黑亮、乖巧嘴甜、还亲昵啄着她秀发的八哥时,不禁喜欢上了,便对一起来的中年矮胖男子说:"花就不买了,我想要这只讨人喜欢的八哥。"见这男人皱下眉,不大情愿的样子,时髦女子不高兴了,半嗔半撒娇地说:"你一个月和我呆不了几天,我不知多寂寞……我就要这只八哥,你买不买?"

矮胖男子瞥了一眼周围,无奈之下点点头:"买吧,买吧,只要你喜欢。"

刘二早已走了过来，时髦女子便问："大哥，这只八哥你卖多少钱？"刘二先伸出四个指头，见时髦女子欲还价，又改成了三个指头，"妹子真要喜欢，大哥也是个痛快人，就给3000块钱吧。"

"这么贵呀，再便宜一点吧。"

"妹子，如今一只好鸟，都买到上十万，还是美元。这只八哥，我已经调教了三年……好好，就2800块钱吧。"

时髦女子还想砍价，矮胖男子不耐烦了，从屁股兜里掏出钱夹，数出一沓百元钞票，塞在刘二的右手上。然后，接过他左手的空笼子，又一把抓住时髦女子肩头的黑戈，塞进了笼子里。拉着时髦女子没走几步，被刘二喊住了，"老哥，你们且慢走。"

矮胖男子的脸沉下了，"你这人咋这啰嗦，还有啥事？"

"老哥别生气，"刘二赔着笑脸，"这只叫黑戈的八哥，虽然聪明透顶，却有两个不好的毛病。做生意不能坑骗人，你们说对不？一旦它给你们惹出了啥事，你们背后还不骂我的娘吗？"

刘二接过矮胖男子手中的鸟笼，放出了黑戈，看看时髦女子，"这家伙比人的嫉妒心还强，你跟它好上了，就再不能有别的相好，不然它就会吃醋，跟你拼个死活——"

刘二边说着，边逗起一老太太所牵的小花狗，故作亲热状。果然，黑戈被激怒了，口里吐出脏话："不要脸！不要脸！"并连连扑翅，发疯一样飞啄小花狗，吓得小花狗赶快跑开，就这还不算，它又狠啄刘二的脑壳和胳膊，直到刘二连声喊"道歉"，黑戈才算罢休。

看到眼前的这一幕，时髦女子惊怔住了，矮胖男子也半晌没缓过神，时髦女子忙问：大哥，这八哥另一个坏毛病是啥？"

"吃里爬外，这个毛病是最坏的！"

刘二瞅了一眼矮胖男子，神情也变得悻悻起来，"像家里放的钱，这家伙只要看到了，就会叼走，然后放到有其他人的地方，但它从不把别人的钱叼回来。甚至还引狼入室，就半月前，有两个盗贼发现它叼放的钱，一路跟踪到我家……"

刘二还没说完，矮胖男子脸色倏然变了，打断了他的话，"兄弟，你甭说了，这只八哥我不要了。"

"这咋行，你们已经花钱买下，这只八哥就归你们了。"

"我没让你退钱的意思，"矮胖男子瞥了一眼时髦女子，用商量的口气道："最近我们的事儿挺多，怕忙不过来，她还想去泰国……就麻烦你帮我们代养一段时间吧。"

"是呀，是呀！大哥，就麻烦你了，帮我们代养吧。"时髦女子一边附和着，一边就随矮胖男子走开了，还亲昵做了个拜拜的手势。

……

秋季也快过去了，刘二的"黑戈"仍然没有卖出去。

春节雇保姆

春节一天天临近了,随着外来工如潮般地离城返乡,许多单位闹起春节用工"荒",宋老板也急了,到处打电话联系雇看家保姆的事。

"喂,银花酒店的马老板吗,找你帮个忙。想租你店里的服务员,就一个行了,春节期间帮我看看家。什么,你店里也缺人,正在到处招聘——"

"是呀,"电话那一头传来马老板的无奈声音,"要过大年了,甭说我这酒店,包下的全是年夜饭,就是茶楼和宾馆,20天前就预订满了!不瞒你宋老板,从昨天开始我老婆、两个姨妹都跑堂端盘子……对不起,你还是找别的朋友帮忙吧。"

宋老板呆怔了下,又拨起范经理的电话,"家政公司的范经理吗,我和老婆后天就去新加坡了,你一定想想办法,替我雇个看家保姆。我给50块钱一天,半个月就是750元,这工钱不少了吧。"

"你就是给100块钱一天,也要有保姆愿意揽这活儿呀!"范经理稍顿了下,又打起哈哈:"我不是告诉你了吗,过大年你晓得和老婆出国与女儿团聚,那些外来保姆也有家人,她们一年到头在外打工,就盼着春节能早点回家。知道吗,如今日子一天好一天了,对于城里人和乡下人来说,缺的不是钱,而是亲情、牵挂和回家的温暖。"

"唉!我担心的是院里那些花草,还有两条爱犬,是我花两三万块钱买来的,没保姆照看行吗?"宋老板唉声叹气道。

前几年过春节没这个样子,人民币也没有贬值,雇个保姆咋就这么难呢。宋老板心里正闷闷不乐时,突然传来几下敲门声,"请问,你是宋老板吧。"

宋老板抬起头,只见一个陌生的农村老汉,瘸着一条腿走了进来。没等他没开口,这老汉又自我介绍说:"我姓黄,是邻县董家乡大王沟的。"并从衣兜掏出一个蓝皮本本,翻开笑了笑,"听说你要雇看家保姆,是吗?"宋老板一听喜出望外,忙道:"是呀是呀,四十左右的大嫂就行。老伯,人你带来了吗?"瘸腿老汉摇摇头,宋老板又赶紧道:"我给50块钱一天,半个月750元,另外,吃喝住全算我的。"宋老板说着,掏出10元钱塞给瘸腿老汉,"老伯,这10块钱是你的介绍费,你快把保姆叫来吧,我先看看。"

"有啥看的,不就站在你面前吗?"瘸腿老汉仍一脸笑容说道。

"什么,你老伯当'保姆'?"宋老板顿时惊愕住了,盯着面前这个头发花白、个头较瘦的瘸腿老汉,不禁生气起来,心想这大一把年纪了,春节不好好呆在农村,跑到城里来捞"外快",真是钻进钱窟窿了!

瘸腿老汉似乎看出他的心思,磕磕手中的铜烟袋,"宋老板,你不就是雇个人春节看家吗,又不挑不驮的,要说养花喂狗这些事我算个'内行'。如果你觉得我不合适,那就算了,——我这就去吴科长家。"

瘸腿老汉收起蓝皮本本,转身一瘸一跛朝外走去,宋老板摇摇头,叹出一口气,"好好,算我雇了你老伯,不过我只能一天付三十元……"

瘸腿老汉的脸涨红了,马上打断道:"平时我老汉替人干活,可能值不了五十块钱一天,但过年我值这个价,不然,你就另雇人吧。"瘸腿老汉的口气斩钉截铁,没有讨价还价的余地,宋老板只好作罢,就与瘸腿老汉签了一份雇工协议。这时手机响了,宋老板以为是老婆打来的,却见瘸腿老汉从怀里掏出手机,高兴地问:"是二娃吗,对,我这边已签了协议,你也签了?那秀女和你三姨她们怎么样,……都办妥了,好好!"

宋老板听着,忍不住用讽刺的口气,"老伯,你可真有经济头脑,春节还没到,就带着全家人到城里挖'金矿'来了。"

"不是我一家,而是全村子的乡亲。"

"什么,全村的乡亲都来了?"

"不错!"瘸腿老汉收起手机,正色地道:"咱们那地方盛产板栗,村子想办个板栗加工厂,明年远销国外。目前还差两三万元钱,大伙一合计,春节城里的钱好挣,就这样能来当保姆或能干事的都来了。"

这时候,宋老板的两条爱犬跑了进来,瘸腿老汉抱起一只,抚摸了下,对宋老板道:"我儿子也养了两条名犬,去年初春,我去他们夫妇家照看了两个月。"

"你儿子在啥地方工作?"

"清华大学毕业后去了美国,现在盖茨的微软公司当助理,儿媳妇还有自己的公司。"瘸腿老汉看看愣住的宋老板,笑了笑,"昨天儿子还打来电话,说飞机票都订好了,让我和老伴一块去美国,可村子年后除加工厂投产外,还要搞旅游业开发,我是村委会聘的经济'顾问',你说我能走得开吗!"

"老伯,你别说了。"宋老板接过他手中的那份雇工协议,把50元一天划掉,改成了一天80元,并十分诚恳地说:"过大年了,多加的这30块钱,算是我对老伯和村里乡亲们的一点心意……"

过年杀鸡

腊月廿八的一大早，我就被我妈叫起来，她买了一只五斤多重的大黄公鸡，让我杀了准备过年。我虽然在学厨子，可师傅教的是烹调，还真没杀过鸡。

家里的菜刀也不顶用，都钝了。我便在院子磨了一下，起身走到木盆旁，抓起双腿被缚住、拼命扑打翅膀和惊叫的大黄公鸡！然后，左手反拧起鸡脖子按在盆沿上，右手操起菜刀"咔嚓"一下砍下去。正准备施第二刀时，突然听到房里电话响了，我就扔下菜刀和鸡，跑进去接电话。

是我刚结识的女友萍儿打来的，侃起来就没完没了，问我啥时上她家，又问我一大早在干啥？我说老妈让我杀鸡，扔在盆里还没拔毛。等我放下电话，再到院子时，咦，木盆旁只散落着几根鸡毛，鸡却不见了，难道被黄鼠狼叼走了？外面传来一阵汪汪的狗吠声，于是，我赶紧跑了出去。

狗吠声是从我叔伯三哥的新宅传出的。这几年他当包工头发了财，大门总是紧闭着，围墙上还插着尖尖的玻璃。我一眼就看见，地上歪斜的血迹，伸向他家大门旁的墙洞。狗吠声也越来越凶！其间还挟着三哥粗野的叫骂声，"妈的，这一定是那些民工干的好事，使这种阴招来吓唬老子。"

我便猫着腰，趴着门缝朝里瞄，只见被我砍得仅剩后脑勺的大黄公鸡，正在院内草坪上来回走动，还不时转动血淋淋的脖子，像是要啄腹部和背脊上的羽毛，又像是寻找食物。而三哥家那只叫黑子的宠物狗，大概从未见过这种"怪物"，尾巴夹得紧紧的，一边惊恐吠叫着，一边退到站在房门口的三哥身后。

三哥满脸怒气，正骂骂咧咧时，三嫂闻声出来了，显然受不了这种惊吓，马上与他哭闹开了，奚落他说："我早就劝你还清民工的工钱，为我和孩子积点德。你全当耳边风，这下可好，马上就要过大年了，今天出现一只没脑壳的鸡，明天说不定是一条剖了肚肠的狗……"

"呜呜，韩老三，我可告诉你，你宝贝儿子年过后上小学，我看你有多少钱雇保镖？这日子没法过了！"三嫂抽泣着跑进去了。

我趴在门缝瞄得很清楚，三哥当时呆住了，脸孔一阵抽搐。半晌他才像似醒了过来，狠劲踢了还在狂吠的黑子一脚，从屁股兜里掏出手机，几乎是吼道："张会计吗，赶快将工钱全部付给回家过年的民工，记住，千万不能留下任何后患……"

醉 鳖

县城南税务所的所长姓赵，绰号叫"赵大肚"，据说他一次能喝10斤白干。县城西工商所的所长老胡，酒量并不比赵所长差，绰号叫"胡八斤"。两人平时谁也不服谁，多次在酒桌上较量过，难分上下，各有胜负。

这日，葛副县长带他俩到东乡检查工作。中午在乡政府食堂就餐，赵大肚和胡八斤又较上劲，开始是用酒杯，最后改用大碗喝。葛副县长不露声色地看着，忽然，他捋起了衣袖，吩咐乡领导，"搬两箱二锅头来，俺也跟他们赌赌酒量。"

葛副县长平时很少端酒杯，赵大肚和胡八斤没把他放在眼里，认为肯定不是他俩的对手。所以，胡八斤只对"赵大肚"叫板，"今天要是让你站着出去，我姓胡的就是龟儿。"赌到下午4点多钟时，三人谁也没有喝倒，才醉醺醺地离开了乡政府。

东乡离县城有五六里路，三人跟跟跄跄走了会儿，拐上通往县城的湖堤时，一阵凉风拂过，三人同时张开口，"哇——"呕吐了起来。随后，又都"卟嗵"一下歪倒在地……

三人迷迷糊糊睁开眼时，已经是第二天的上午，太阳正火辣辣照射着。让三人感到意外和惊喜的是，昨天所呕吐出的秽物，竟然醉倒了十多只吐着白沫的鳖，葛副县长身旁的醉鳖最多，有五六只，缩着头，所吐出的秽物，仍带着浓浓的酒气。

"赵大肚"和"胡八斤"不禁骇然，对葛副县长心悦诚服。葛副县长摆了下手，表情谦逊而淡然地道："醉倒几只鳖算啥？去年有人想在凤鸣山开矿，咱们前任县长从不沾酒，那天在酒宴上只抿了一口，说了一句话，"中！""

"那怎么样？"赵、胡俩人问道。

"就让那片自然保护区面目全非，河流改道……那才真叫有酒量！"

扫出天都的路

父亲死的那年,母亲45岁。也就是那年秋天,县天都峰风景区招聘扫路工,母亲应聘上了。这是个很辛苦的工作,每天清晨母亲得起早去景区,赶在游客来临之前,将盘旋而上的林阴道路,从山脚一直到山顶的凉亭都打扫干净。

母亲第一天上班5点钟不到就去了。直到下午,才见她疲惫不堪地回来,左腿还一瘸一跛的。原来,母亲早上六点从景区大门口开始扫起,弯着腰,一直扫到中午11点钟,才扫到山顶上的凉亭。正值深秋季节,沿路皆是各种落叶,加上有几处路面失修,形成坑洼的地方被落叶掩遮,母亲稍没留神踩上……

晚上,看着用热毛巾捂着腿的母亲,我心里难受极了,说:"妈,人家国外风景区清扫道路,使用的是机器,哪有像你这样消耗体力的,累不累?景区也太抠门了,每月竟只给470元钱……明天你就别去了。"

"你爸不在了,妈总得干点事儿。"

"咱们家不是有出租给人家做生意的房子吗?收回来,以后你就办个杂货店,怎么也比到景区扫路强。"

"这不行,合同还有半年到期,咋能逼人家退房?"

母亲皱起眉,看着我又笑了一下,"景区领导说了,头两个月是试用期。"

"那是蒙你的,这种比驴马还苦的活儿,有啥试用期?"我神色愤然起来,母亲却不断重复着,"景区路上的那些杂物和落叶,总是需要人清扫……妈能胜任这个工作。"

第二天早上,我醒来想再劝阻母亲几句,不料母亲早走了,留下一个小纸条:"饭菜妈已弄好了,你中午放学回来,就自己热一下吃吧。"

以后,正是在母亲这种执著的"沙沙"清扫声中,我念完初中进了县高中,三年以后又考上了省城某大学。

大学毕业后,我在省城打了几年工,办起自己的公司,并且结婚成了家。

一天早上,我路过街头报亭去公司,无意之中瞧见报纸上登了母亲扫路的照片,还有记者写的采访文章。原本不太关心母亲工作的我,马上买了一份,并一口气读完。才知道,在过去的10多年中,母亲在那个极平凡的工作岗位上,以她的爱心与社会责任心,救助过50多名跳崖的轻生者,以及醉汉和流浪儿,更难得可贵的是,她还70多次拾到人们遗失的金项链、戒指和钱包,包括外国游客和台湾游客的护照等等,都主动交给景区……

几天以后,我开车带着妻子回到县城。

见我们夫妻回来了,母亲十分高兴,买菜弄饭忙碌开了。晚上坐在客厅,我带着责备口气问她:"妈,报纸上说的那些事儿,你为啥从没告诉过我?"母亲表情显得很淡然,说:"谁碰上那种事儿,都会上前劝阻……小事,都是过去了的一些小事。"

"妈,直到如今我还纳闷,当年你为啥执意选择这个工作?"我追问道。

"景区路上的那些杂物和落叶,总是需要人清扫的。"母亲还是以前那句老话,并像以前那样笑了笑,"妈说过了,能胜任这个工作。"

"这么多年了,你就不感到辛苦吗?"

"辛苦个啥,景区早晨空气新鲜,到处都鸟语花香。妈呀,现在一天不去就觉得少了点什么,也感到不舒服。"

母亲说的很轻松,但我心里却是另一番滋味,想到清晨的风雨,骄阳下的炎热和冬季呼呼的寒风……母亲10多年就这么一路挺了过来,而且,还干出了那么多值得人们赞扬的事儿,是一种什么样的力量在支撑她?我仍然百思不得其解。

"媳妇是头一次来,也该让她去景区看看。"母亲打断了我的沉思,"你们也累了,早点儿休息吧,明早妈叫醒你们一块儿去。"

第二天清晨还不到五点钟,母亲就将我们夫妻叫了起来,还带上两三块砖头。母亲说前几天下了一场大雨,景区上山拐弯的一处低凹地方,还积有不少渍水,垫上两块砖头,游客行走也方便。

东方破晓时分,登上了山顶凉亭。我和妻子累得气直喘,只见四周静悄悄的,亭旁绿叶带着晶莹的露水,鸟儿的清啼声不时从附近林中传来。突然,远方飘逸的云雾之中,隐现出一大片城市的轮廓,鳞次栉比的高楼大厦、街道……还有街灯,景色壮观极了!

小时因父亲带我来观看过,我知道那只是远方一座耸石交错、并且形状酷像城市的山峦,在初升太阳光线的折射下,由云雾造成的虚幻而缥缈的奇景。妻子惊喜中叫了起来:"快看,海市蜃楼,太美了！"

"不，那是天都。"母亲走了过来，凝神眺望了下，脸色变得极虔诚和庄重。

"啥，天都？"妻子疑惑看了我一眼，"妈说的是神话里的天国吗？"

"是的，景区就是因它而得名。"母亲拭了下微风吹拂的白发，缓缓地说，"我和你爸谈恋爱时，经常来这凉亭观望'天都'，并且说好了，今生一世永远在一起。可惜，你爸还只到天都的路上走了一半，他就撇下了……"

见我和妻子沉默起来，母亲稍顿了下，声音变得十分凝重，"妈一直都相信，有信仰的人，任何时候，心中会有让他一生向往的天都。"

凝望着云雾中仙界般的幻境，我的眼不禁湿了，也明白了过来，无论经历过多少苦难和艰辛，人们总是向往美好的未来，渴望和追求天都般的幸福生活。

母亲每天平凡的工作，正是为心中有信仰的人扫出一条天都的路啊！

父亲坟旁的两棵苦楝树

父亲安葬在湖北咸宁老家已经 30 多年了,但母亲一次都没回去,甚至父亲在世时,母亲也没同父亲回过老家。母亲为什么一生不涉足老家,我们忙于各自的生活,从来没好好问过她,总认为是老家没有亲人的缘故。

今年 10 月,辛勤操劳的母亲又一次卧病在床。我和妹妹从深圳赶了回来,母亲吃力地嘱咐我们:"妈要是死了,你们一要丧事从简,二不要把妈的骨灰送到老家,不要与你们的父亲葬在一起。"

"为什么?"我和妹妹惊问。

母亲的泪水夺眶而出,痛苦中喃喃自语道:"老家的那件事,妈一生都不会……"

父亲究竟做了什么?他入土都 30 多年了,母亲还耿耿于怀,至死都不肯与父亲葬在一起。不管我和妹妹如何追问,母亲都不再开口了,她只让我们按照她的话去做。我和妹妹感到了问题的严重性,妹妹说:"打电话叫二哥回来照顾妈几天,我和你回一趟咸宁老家。我们不能让母亲死后与父亲在九泉之下'离异',这是我们做儿女最起码的孝心。"

于是,我和妹妹便瞒着母亲,第二天从黄石乘车回到了父亲的老家——咸宁双溪一个叫吴华龙的偏僻山村。

老家的一草一木对我们来说太陌生了!我虽然是家中长子,但前后算起也只回来过四次。记忆最深的是16岁那年,父亲患重病住医院,由于家里生活拮据,父亲让我回老家卖屋。当时,父亲的姐姐金姨就住在我们老屋里,金姨很干瘦,小脚,头上插着一朵白栀花,她很勤劳,养了很多鸡。为了维持生活,每年麦收和秋收的时候,她都要到田地里去捡麦穗、拾稻谷。金姨对我很好,每天都弄鸡蛋给我吃,晚上怕我着凉,还经常端着煤油灯到我床前,将我露在外的手轻轻放入棉被内。由于农村当时很贫困,一间老房只卖了250元,见金姨日子过得苦,我走前给了她50元。没想到我回到黄石后,发现那50元原封不动地仍装在我衣袋里。1978年我参加工作不久,接到了父亲的来信,说金姨去世了。第二年5月,父亲也不幸患绝症病故了。在父亲逝世后的30多年中,我和弟妹们只回过两次老家,每次就像匆匆的"过路客",在父亲坟前焚焚香,就回来……

村里年轻人都出外打工了,父亲那一辈的人,活着的也不多。我们好不容易才找到了74岁的聋子哥。听我们说明来意后,聋子哥摇着头说:"都是上一代人的事了,还提它干什么?"在我们兄妹的再三恳求下,聋子哥才答应,"等明天早上吧,我陪你们到你们父亲坟前看看。"

第二天早上,聋子哥同我们一起上了村对面的山冲。葱葱郁郁的树林里,父亲坟上杂草丛生,墓碑也被荒草淹没了。聋子哥看着我们,叹气道:"你们要是经常回老家来看看,你父亲坟头就不会长这么多荒草。"见我和妹妹无语,聋子哥又指了下父亲坟边的一座矮坟,"你知道这座矮坟葬的是谁吗?"我茫然地摇摇头。聋子哥又问金姨你总该记得吧?我点点头,"她是我父亲的姐姐。"不料,聋子哥说:"你母亲这一生没有到老家来过,是因为你父亲欺骗了她,金姨其实是你父亲的前妻。"

"什么,金姨是我父亲的前妻?"我一下惊呆了,妹妹更是感到无比震惊,"这么说,我爸一生有两个女人?"

"不错,金姨到死都没跟你父亲解除婚约,不然就不会葬在吴氏的祖坟山上。"聋子哥说,金姨年轻时是县城一富户的小老婆,我父亲曾在这富户家打工,后来金姨爱上了我父亲。富户知道后,将金姨打得死去活来,并赶出了家门。逃到黄石的父亲听说了这一消息,连夜赶回来,将奄奄一息的金姨背回村子,金姨就变成了我父亲的妻子,一直到1951年。因为父亲是吴家几代单传的独苗,没有生育能力的金姨一直很痛苦,祖母也劝父亲再找个女人,生下一儿半崽来续吴家的香火。无奈之下,父亲听从了祖母的安排,在黄石娶了我母亲。母亲婚后曾多次要父亲带她回老家,父亲总是支支吾吾,最后不免训斥母亲:"老家没有亲人,就几间土改分的房屋,你回去干什么?"母亲也就不说话了。不久,母亲生下了我。有一天,母亲从父亲的一位老乡口中知道了事情的原委,她愤怒了,毫不含糊地对父亲发出通牒:"有老家的她没有我,有我就没有她,你自己选择吧。"父亲妥协了,回了趟老家,带回一张与金姨的离婚证。母亲便不再提这事,以后跟父亲又生下弟弟和妹妹。

然而,父亲根本就没有同金姨离婚,他甚至没把母亲要他离婚的事跟金姨提起,那张离婚证是他花钱找人伪造的。聋子哥告诉我们兄妹,由于母亲看管得严,父亲那几年根本没有回过老家,直到三年困难时期,由于粮食紧张,父亲才又在老家出现,每次拿着一只空布袋回来，回去时总是背着满袋的干薯片、干薯叶和高粱饼，有时还有十几个鸡蛋。金姨每次都把父亲送到山冲的老樟树下，直到父亲的背影消失，才又到人家挖过的地头刨红薯。聋子哥的讲述让我依稀记起，只要父亲回老家，我晚上就经常被母亲的暗泣声惊醒……

聋子哥说，金姨是在老屋躺了三天后才被村里人发现的。金姨安葬的那天，父亲十分悲伤，独自在金姨的坟前坐到天黑，临回黄石前，父亲就对村里人说，等他死后，就葬在金姨的旁边……

没等聋子哥讲述完，妹妹就嘤嘤哭起来，"我妈太可怜了，跟一个并不爱她的男人生活了30多年，我妈这一生怎么这么不幸？"聋子哥叹道："金姨也可怜，临死前的那几天，总挂着拐杖站在山冲的大樟树下，盼望你父亲回来，能最后见上一面……唉，这都是过去事了！"

在查明"真相"后的两天，妹妹的泪水就没有干过，我的心情既沉重又复杂。想想我们这些做儿女的啥时关心过父辈们，我们对他们的生活、他们的心路历程和情感又知道多少呢？父亲给母亲造成了伤害，母亲这一生都没回老家看看，可我们给了母亲多少安慰呢？母亲这一生唯一的精神支柱，就是抚养我们三个儿女长大成人，而我们又何时真正关心过她？金姨这一生也够可怜的，跟着父亲没过一天好日子，像一棵瓦上的孤草无依无靠，死时没有一个亲人在身边。在三年困难时期，这个孤苦伶仃的女人，自己吞咽着野菜和树皮，却将省下来的干薯片、高粱饼和用钱难买到的鸡蛋，救助了我们一家……

第三天临走前，我和妹妹到父亲坟上清理荒草。看看金姨的坟，又看看父亲的坟，我和妹妹不禁泪流满面。母亲不愿和父亲葬在一起，显然是在长久的情感折磨中做出的痛苦选择。也许是父亲逝世的时候，母亲就想到了父亲另外的一个女人，这个一生跟她一样不幸与孤独的女人；也许母亲像一盏油灯在熬到尽头的时候，宽恕了父亲，让他跟自己喜欢的人在一起；也许母亲是不想让上一代人的不幸婚姻，给她的儿女留下阴影，因为儿女们今后的日子还很长、很长……

正是在这一天，我和妹妹含着泪，在父亲的坟旁移种了两棵苦楝树。

第三辑·李逵谋财道

护官符

清朝嘉庆年间,贺之荣在苏州当知府,家兄贺之贤在京城做官,两兄弟虽然算不上朝廷柱石,但为官多年,还算得上公正廉洁,经常也有书信来往。

一日,有消息从京城传来,贺之贤被朝廷抓起来了,而贺之荣又多日未接到家兄的书信,心里甚感不安,便派家人到京城打听。10日后家人赶回,贺之贤才得知,家兄是受大贪官和珅案的牵连,被嘉庆皇帝下旨抓起来的,已移交刑部审理。贺之荣一听却放下心来,对来府的同僚们说:"要说家兄好色,纳三妻四妾我信,如说家兄与和珅同流合污,受贿和贪污国库银两,纯属无稽之谈。"贺之荣最后又断言:"如果不出我所料,20日之内,家兄必被皇上赦免,官复原职。"

果然没出20日,从京城又传来消息,贺之贤被嘉庆皇帝无罪赦免,官复原职了。这日,同僚们到府上贺喜。酒席上,就有人问贺之荣,怎么有如此先见之明?贺之荣酒过三巡后,带着几分醉意道:"我贺氏家族从大清一统江山以来,代代有人在朝廷为官,却没有一个因贪污而沦为'阶下囚'的。就是在雍正年间，雍正皇帝大力整顿朝纲，七品以上官员在位三年的寥寥无几，而我曾祖父为山东知府，曾祖伯父还深得雍正皇帝器重，带兵镇守嘉峪关。"

有的官就问："听兄台言下之意，贺氏家族代代官运亨通，莫非有什么护官符？"

贺之荣拈拈须，笑而不答。

这事不知怎么被嘉庆皇帝知道了，令御史一查，果然贺氏家族代代都有人在朝廷做官，尽管有夺官爵贬为庶民的，也有被流放边疆的，却没有一个因贪而下监狱的。嘉庆皇帝也甚感疑惑，贺氏家族难道有什么护官符不成？

嘉庆皇帝便利用下江南巡视河道之机，到贺府一探究竟。贺之荣是个乖巧之人。一见嘉庆皇帝在他府邸这里走走，那里看看，心里就明白了几分，马上将嘉庆皇帝迎进内堂，命家仆搬出一把古朴的太师椅。嘉庆皇帝开口就问："贺爱卿，听众官说，你贺氏家族藏有护官符，快拿出来让朕看看！"

"启禀皇帝，"贺之荣忙跪下磕头，"这是为臣酒后胡言，皇上切莫信以为真。"

见嘉庆皇帝露出不悦之色，贺之荣诚惶诚恐起来。他不敢触怒当朝新君，便指了下嘉庆所坐的太师椅，"恕为臣大胆，皇上可知所坐的椅上铺的是什么皮？"

嘉庆皇帝惊疑地问："贺爱卿，这是什么皮？"

"启禀皇上，这是一张人皮！"没等嘉庆皇帝追问，贺之荣就讲述起这张人皮的来历。

原来朱元璋赶走蒙古人，当上明太祖以后，朝纲不振，官吏渐渐腐败。这年黄河泛滥成灾，朱元璋便派钦差大臣到灾区抚民，没想到这钦差大臣贪赃枉法,到河南大肆搜刮民财。朱元璋闻知后大怒,一气之下将这贪官杀了!为杀一儆百,又把这贪官的皮剥下,做成人皮椅,放在百官每日上朝的殿堂上……

嘉庆皇帝听到这里,似乎明白了过来,沉吟半晌,不禁问:"贺爱卿,这剥皮贪官与贺氏家族有何关系?"

"启禀皇上,这贪官便是我祖上。"贺之荣露出极哀痛之色,继续讲述,"至明万历年间,朝政混乱太监掌权,我贺氏家族的子孙花重金,才从宫内赎出这把人皮椅。"贺之荣又跪在嘉庆面前,磕头流涕地道:"家兄平时能为国尽忠,不敢贪赃枉法,这次又幸免与大贪官和珅同上断头台,正是因堂上高悬明镜,有祖上这张人皮为鉴!为官一世岂能遭百姓唾骂,像祖上一样遗臭万年啊!"

乾隆灾年的浮夸案

清乾隆年间,山东、河南相继发生大旱,饿殍遍野,民不聊生。山东青州县官为拯救灾民,假借"地府阴兵"之手,劫持了押送京城的官粮。

此案刚一查清,河南一帮富绅却敲锣打鼓,将一株象征丰年的"五谷树"披红挂彩送到京城,向乾隆皇帝报丰收之喜。

这日,刑部大臣张直卿被乾隆召进宫。张直卿跪拜后问:"皇上召臣不知何事?"乾隆道:"朕接到河南丘县县令刘廷的奏折,河南灾情比山东好不了多少。刘廷还怒斥河南总督马相龙,与朝中大臣田文镜沆瀣一气,好大喜功,串通一帮富绅欺瞒朕。"说到这里,乾隆让张直卿看奏折,"昨日朕将田文镜召进宫,斥责了他一顿,田文镜竟以头撞御栏,口口声声说这是小人诬陷,抹杀河南官员的政绩,并要朕严惩丘县县令……"

"臣明白皇上的旨意,"张直卿看完奏折,沉吟半晌,"皇上是让臣到河南微服私访,查清'五谷树'背后的灾情。"

乾隆点点头,抚了下张直卿的背,深有忧色道:"山东'阴兵借粮'一案，已弄得朕夜不安寝，如果河南灾情真如丘县县令刘廷上奏的那样，只怕天下真要大乱了！"

"田文镜是先帝的重臣。"乾隆踱了几步后，脸色又转为怒容，继续道，"他以前在河南任总督时，就好大喜功，搞了一些什么'模范村'，为他自己树碑立传。朕知道张爱卿刚正廉直，能以江山和社稷为重，这次到河南查得真凭实据后，朕一定不饶田文镜和河南的那帮家伙的欺君之罪……"

次日，张直卿带着一个家仆，扮成商人的模样，出京城直奔河南。进入河南境内后，张直卿发现，凡通往京城官道两旁的麦子，一片一片，长势甚好，也很少见到逃荒的难民。张直卿便绕开官道，走小路奔往丘县。沿途的景象开始明显与官道不同，但见村庄萧条，田地荒芜，不时有鸦群从乱坟岗上飞起，还有官兵四处设卡，如狼似虎，堵截携儿带女逃荒的难民。

天色渐黑了下来，由于沿途找不到客栈，张直卿主仆二人疲惫不堪，又累又饿，走上一座黑黝黝的山冈。借着依稀的月光，张直卿看到阴森的山冈有一片麦地，似乎还有人影在晃动。家仆不禁一喜，"老爷，前面有人，我们可赶上同行。"等主仆二人赶过去时，人影倏然不见了。张直卿正满面狐疑时，随着几声夜鸟的凄叫声，出现了一个白色影子，家仆喊了声："谁，是过路的吗？"

谁知家仆这一喊，迎面而来的白影子陡然拉长了，仿佛不是行走，而是顺着风势朝主仆二人飘然而来。张直卿以为眼看花了，定定神再看去时，白影子只有丈把远了，还沙沙作响！家仆顿时感到恐惧起来，拉起张直卿转身就往回跑，而身后的白影子仍在追赶……

黑暗中，主仆二人突然脚一滑，连人带土哗哗滚落坡下。接着，眼前陡然一黑,像是坠入什么都看不见的深洞。主仆二人伸手四处摸索着,不料摸到一肉乎乎的东西,还有厚厚的毛。家仆发出一声惊叫:"完了完了,我和老爷今晚命休矣!"

忽然,张直卿所触摸到的东西发出哼唧声,原来是猪叫的声音。主仆二人这才恍然,原来他俩从土坡坠下来,滚落入了农家的猪舍。

猪舍旁是一间破旧的房屋,有微弱的灯光透出来。家仆首先走了进去,有一个满脸病态的老妇在磨麦麸。见家仆满脸淌着汗珠,老妇像是明白了过来,对房内走出的媳妇说:"这两位客官是受惊吓了,你扶他们去灶房,烧点热水,我去把当家的叫回来。"

年轻媳妇就将主仆二人带到灶房。过会儿,当家的老汉被叫回来了。聊了一阵后张直卿才知,老汉住的这个村子,就是田文镜在河南当总督时专权擅势搞的"模范村",雍正皇帝那年来河南视察,田文镜还陪同雍正皇帝来过。老汉对张直卿说:"二位客官今晚路经那山冈,一定被'女鬼'缠住了!"接着告诉主仆二人,半月前,村子有个女人生孩子难产,最后连孩子一起死了,就葬在那山冈上。

家仆听着毛骨悚然,"那山冈上经常闹鬼吗?"见老汉摇摇头,张直卿转身问一旁仍在磨麦麸的老妇,"有麦饭豆羹充饥,日子还算不错吧?""大荒年头,能吃的树皮和观音土都被百姓吃了!"听着山坳传来的夜鸟凄叫声,老妇愁容满面,叹了口气道,"不瞒客官,我磨的这些麦麸,是供猪圈的那头——"

"咳,咳!"老汉连咳了几声,打断了妻子的话,对张直卿说,"二位客官也累了,早点休息吧。"

第二天清早,老汉送张直卿主仆二人过山冈,淡淡的雾气中,只见左侧的坡上,皆是高高矮矮的新坟,十分阴森凄凉。由于一大早没人走动,雾气湿润的土还松松的,留有许多杂乱的脚印,而路两旁地里的小麦，只有光秃秃的秆子，却没有麦穗……

几日过后，两个衙役突然将李老汉带到了县衙，李老汉不知自己犯了什么罪，战战兢兢地跪下。"老人家别怕，你看我是谁？"

李老汉抬头一看，原来公堂上坐着的正是那夜宿在自家的客官，不禁大吃一惊。"老人家，你要跟本官说实话，"张直卿走下堂，伸手扶起李老汉，"山冈上的那片麦地，有秆而无麦穗，是不是村民们被饥饿所迫，深夜装扮'女鬼'所盗？还有山冈上的那些新坟，所葬的都是饿死之人吗？"

"大人明鉴。"见瞒不过张直卿，老汉面色惨然，长叹出了口气。原来大旱年头，村里早已户户断炊，家家都有人饿死。由于是田文镜搞的"模范村"，官府三天两头就来盘查，若发现有外出逃荒的，将株连九族。村民们实在活不下去了，夜晚就去盗山冈上的那片"御麦"充饥。由于害怕被发现就弄白纸糊的纸人吓唬来往的过客，谁知被微服私访的张直卿碰上了！老汉还实情禀报，家中养的那头猪，是官府强摊派养的，专用于招待上面来的官员……

张直卿查清"五谷树"背后的灾情，马上回到京城，向乾隆皇帝如实禀报。乾隆大为震怒，立即罢黜了田文镜的职，河南总督马相龙随后畏罪自杀……

罗三抢钱

明万历年间，湖北大冶矿业兴盛，赌场、妓院也跟着兴旺。除了官方开办的，也有私底下逃税偷偷摸摸经营的，这类赌场和妓院经常遭到官府的稽查。

县衙捕头叫罗三，每天带着一班衙役查地下赌庄，抓暗娼，所得钱财也不上交，私下与刘县令瓜分。由于他放任横行，所以县城治安混乱，不时有案件发生。老百姓不满他所为，背后都叫他"罗钱眼"。

这天，罗三又被刘县令召进衙府。"大喜事啊，罗捕头。"罗三脚还没迈进门槛，刘县令就迎了出来，喜滋滋地说，"当今圣上格外开恩，若捐赠银款，即可越级提拔。"罗三明白了，这刘县令做梦也想去混个知府，这次总算给他等着了。刘县令接着笑眯眯地问罗三："罗捕头可否为本官弄三万两银子？若是本官能擢升武昌知府，那么武昌府总捕头的位置就是你的了，其中好处自不必说。"罗三心下大喜，不等他说完，就拍着胸脯说："大人放心，放着治所那么多赌场、妓院……这事就包在卑职身上了。"

查赌抓嫖是罗三本行,哪知这回他却运气不佳,一连四五天,才抓到几个暗娼,罚得几百两银子。而那些地下赌庄一个都未见着。

时乖命蹇,就连天公也不作美。这晚突然就下起了大雨,把外面查赌抓嫖的罗三和手下淋成了落汤鸡。当他们跑进一座早已荒弃的宅院,一个个冻得都只会往外哈气了。

扇开满屋腐烂木头的气息,罗三突然狗也似的耸了几下鼻子,面上露出喜色,"哈哈,这屋里有一股银票的香气!"说着,就朝左侧厢房奔去,几个衙役紧随其后。

罗三当先,一脚踢开房门,只见黯淡的烛光下,几个汉子围坐在一张破桌子边上,面前码着一堆一堆的银锭,上首一红脸大汉正在说话。罗三气势汹汹地喝道:"都坐好别动,我们是衙门里的。"

罗三吼完,就张开随身的布袋,大把大把的抓起桌上的银锭。一黑脸汉子跳了起来,吹胡子瞪眼睛,要冲罗三吼叫,红脸汉却抬起手往下压了压,示意他息怒。然后悠悠地对罗三说:"我们是下面来的客商,今晚只是借此地歇脚,若是赌钱,桌上必有赌具……请捕头明察。""放屁!"罗三一瞪牛眼,厉声道,"你们不赌博,这么多银锭放在桌上干什么?放在桌上,必是赌资,全部充公!"

这时,一衙役递给罗三一只黄色的佛门布袋,打开一看,里面花花绿绿的全是大额银票。罗三大喜过望,不禁轻轻地叫了一声"好"。黑脸汉再也抑不下心中怒火,大声喝道:"放肆!你们好大的胆子,连我们从寺庙收的租钱都敢抢,难道你们连马王爷也不认识了吗?"罗三哪管这个,嘿嘿笑道:"什么马王爷猪王爷,这里老子说了算,所有银钱都充公!"

黑脸汉子暴跳如雷,挥起醋钵样的拳头就要打罗三,红脸汉又轻轻做个下压的手势,将他止住,朝着正流口涎的罗三冷笑一声,站起来一声不响地走了出去，黑脸汉和另两个汉子狠狠地瞪了眼罗三，也跟着走了出去。

罗三清点抢来的银票，竟有五万多两，不禁心花怒放。见几个汉子走了，心里又有些懊悔，看来这几个家伙是大肥羊，如果抓进衙府关几天，说不定还能榨出更大的好处。不过，有了这五万两银票，不但自己能大发一笔，那武昌府的总捕头也指日可待了。他随即拿了些银钱打发了那几个衙役，自己拎着装满银票的布袋回了家。

次日一早，罗三就来到了县衙府，将装满银票的布袋递给了心急如焚的刘县令，满脸得意地说：“银票三万两，请大人过目。”刘县太爷接过布袋，眼睛乐得眯成了一道缝，连声道："好，好！"边说边打开袋子，忽然神色骤变，怒声道："罗三，这袋里装的是什么？"罗三莫名其妙地说："银票呀，大人，这是昨晚从几个外地客商手中——"

"放屁，你竟敢戏弄本官！"刘县令将手中的布袋扔向罗三，"这是银票吗，你睁开你的狗眼看看！"罗三一下子怔住了，慌忙打开布袋，不由"啊——"地叫起来！原来袋里装的并非花花绿绿的银票，而是一摞摞用黄纸印的冥钱。罗三的脸顿时吓白了，看着正咬牙切齿的刘县令，"扑通"跪下，语无伦次地说："大人，小人不敢撒谎，这、这布袋里昨天装的确、确是三万银票。"刘县令一脚踢翻他，气急败坏地说："你居心何在？本县还未归天，你竟然就备好这些冥钱……你自己留着到阴间去花去！"

罗三从地下爬了起来，忽然触到衣袋的硬物，是昨晚缴获的一块银锭，马上惊喜中掏出来，"不信大人你看，这块银锭也是昨晚缴获——"话音未落，罗三又是一声惊叫！掏出的竟是一块泥塑的印有阴府字号的冥银。刘县令怒火中烧，猛地一拍桌子，"好你个狗奴才,竟敢屡次戏弄本官。来人哪!先赏这奴才五十嘴巴,打断他一只狗腿,然后给我逐出门去。"罗三这下惨了,丢了饭碗不说,还被打瘸了一条腿,成了沿街要饭的乞丐。

刘县令买官未成,恨死了罗三,又将他逐出了县城。罗三每天蓬头垢面,拄着棍子,端着一只破碗走村沿户乞食。有可怜他的,扔给他几个铜钱,可到了罗三手上,又变成了冥钱……

这日,罗三乞讨到了两县交界的阴阳镇。天空电闪雷鸣,四周黑了下来,罗三又冷又饿,便想躲进镇外的马王庙安身。谁知他刚一走进漆黑的庙堂,就感到一股森森的阴气,黑暗中传出一阵私语,"这狗奴才落到如今这种地步,是他咎由自取。""活该!上次我们随马王爷收租钱,这狗奴才抢买官钱抢红了眼,连马王爷的钱也抢。""我看再给他点厉害瞧瞧,不然,这狗奴才真不知道马王爷长着几只眼?"罗三听着吓得半死,壮起胆颤抖抖地问:"谁在说话,谁在说话?"罗三话音未落,只听天空响起一声炸雷,闪电将庙堂照得如同白昼,大殿上的几尊塑像映入罗三眼中,正中坐着红脸马王爷,身后是怒目而视的黑脸判官,两侧各侍立着一个鬼卒。正是那晚他抢夺的几位外地客商。罗三吓得魂飞魄散,大叫一声,连滚带爬逃出了马王庙。

从此以后,罗三就疯了,一见到红脸的人,就跪下朝人家磕头,"马王爷,你饶了小人吧……"

神也捞一把

土地爷赖以生存的土地庙,被赌鬼、酒鬼和色鬼霸占了。土地爷无家可归,这天找到财神爷,求他和钟馗疏通下,帮他重新夺回土地庙,并奉上20两白银。财神爷接过银子皱皱眉,"好吧,明天我让钟馗去捉拿那三个鬼。"

果然第二天,钟馗手执钢鞭来了,首先闯入殿堂捉拿赌鬼,"呔,大胆赌鬼,俺钟馗来也!"赌鬼正输红了眼,不禁跳了起来,凶狠地骂道:"爹娘都让我输掉了!老子现在上无片瓦,下无寸土,赤条条一个光棍,还怕你属钟馗不成?"

见赌鬼摆出拼命的架势,钟馗转身就朝外跑,又去捉拿酒鬼,"呔,大胆酒徒,俺钟馗来也!"酒鬼已喝得醉醺醺,更不惧怕钟馗,还抓起酒坛,强行要给钟馗灌酒,"啥钟馗不钟馗,我眼中只有酒、酒……"钟馗费了好大气力,总算摆脱酒鬼的纠缠,最后去花前月下捉拿色鬼。

色鬼正躲在暗处,搂着一个风流女子快活,见钟馗来捉他,马上高声吟道:"宁可花下死,做鬼也风流。"钟馗闻言大怒,用力扯开色鬼的身子，却无法分开色鬼与女人紧贴着的嘴。原来，两人嘴里都镶着假牙套——牢牢套在一起了。钟馗累得气喘吁吁，最后只好罢了，扔下土地爷回府了。

土地爷咽不下这口气，第二天找到了财神爷，气愤地质问："这是咋回事？堂堂的钟馗都制服不了鬼，这世道让鬼横行霸道，到底还有没有王法？"

"谁说没有王法，只要钞票能到'位'，再凶的鬼都能制服。"财神爷看看义愤填膺的土地爷，又慢吞吞地说，"实话告诉你吧，昨天前去捉鬼的并非钟馗，乃李鬼也。"

"那么真钟馗呢，他去了哪？"

"他嘛，跟那些款爷当保镖去了。"

"简直岂有此理！"土地爷更加气愤起来，斥责道："钟馗大小也是个神，每月有俸禄，咋还钻进钱窟窿……"

"这有啥奇怪的。"财神坐在神案台上，捋捋胡须，"八仙不是早下海了吗，吕洞宾现在成了武打明星，张果老在经营克隆驴的生意，我还听说，何仙姑在海南办起美容院……"

李逵谋财道（一）

武松在景阳冈打了一只虎，被施耐庵写进《水浒传》后，武松名扬四海，成了天下皆知的打虎英雄。许多厂家也纷纷涌上梁山，不惜花重金请武松做广告，什么武松虎骨酒呀，武二郎壮阳丸，武英雄牌香烟等等。武松名利双收，很快成了梁山最有钱的首富。就连宋江、吴用等头领，见了武百万也要恭敬三分，更甭说其他那帮哥们儿了。

黑旋风李逵却不服气，因为武松只打了一只虎，他却力杀了四只虎，甚至连老娘都搭进去了，却不如武松那样声名显赫，每月靠山寨发的那点儿薪水过日子。

这日，李逵找到在某报社当总编的施耐庵，怒气冲冲呵斥道："你今天跟俺铁牛说清楚，你写的那本狗屁不通的《水浒传》，为啥要吹捧武松那厮，他打的是老虎，难道我杀的是四只毛虫吗？"施耐庵连声大叫冤枉，"李逵老弟，你可不能怪我，当初我采访你时，是你不要我宣传的，你说你就当个幕后英雄，要宣传就宣传武松……"李逵一听愣住了，当初他是说过这话，可那个年代当英雄能捞到什么，钢笔加脸盆，另外就是一张奖状。见李逵露出懊悔的神色，施耐庵捋捋胡须，"李逵老弟，你一生不计较功名，为啥现在要旧事重提？"

"如今是市场经济时代。"李逵气呼呼地答道，"武松那厮发了大财后，山寨许多头目也眼红了，浪子燕青私下开了武馆，铁叫子乐和办起少儿音乐培训班，施恩将快活岭的饭店也改成了美容美发，就连牛鼻子老道公孙胜，也为死人念经捞'外快'……"

"那你要我如何为你效劳？"施耐庵沉吟地问。

"重新改写《水浒传》，要重点突出俺黑旋风，所杀的是四只真虎，武松那厮杀的只是一只喝了安眠药的老鼠。"李逵说到这里，掏出了五两碎银，"拿去花吧，算是我给你的润笔费。"

谁知施耐庵不屑一顾，"就五两碎银？我说李逵老弟，你是把俺老施当成叫花子打发是不是？"没等李逵开口，施耐庵冷笑了一声，"昨天神医安道全来找我，他想到京城开一家泌尿专科，专给那些有钱的大款治病，让我给他在报上吹吹，你知道他给我了多少润笔费吗？"

"给了你多少？"

"一万两白银！"

"啊？"李逵不禁怔住了……

李逵谋财道（二）

李逵拿不出一万两白银的润笔费，只好闷闷不乐回到梁山，心里却越想越不甘心，便花了几天时间，酿了一车"李逵虎骨酒"，亲自推到京城大街小巷叫卖。

不料，麻烦事儿来了，京城一班捕快拘禁了他。因虎是野生保护动物，罚款一万五千两银子。李逵不服，瞪着怒眼气咻咻道："武松那厮也杀了虎，再说，京城所卖的武松酒中同样有虎骨，你们为啥偏罚俺老李？"

谁知捕快一阵冷笑，"武英雄打的那虎，是官府张贴过告示要除的虎，你杀的那四只虎，经过哪级官府批准了？至于京城流行的各种武松酒，里面没有虎骨，连虎毛都没一根……"

"那不是假货吗？！"李逵跳了起来。

这时候，走来一年老捕快，拍了拍老李的肩，"铁牛老弟，如今讲'名人效应'，你懂不懂？难道你在山寨没看过电视吗？要说你黑旋风也是大名鼎鼎的人物。"老捕快看看发愣的李逵，叹了口气，"其实你也有本钱，干吗要卖虎骨酒？"

"我还有啥本钱,都让你们罚光了!"李逵的火气又上来了,气哼哼道,"如今俺连回山寨的路费都没有了,只剩下这对板斧……"

"哈哈哈,我说的本钱就是你手中的板斧!"

"不错,人们一提起你黑旋风,首先想到的是你手操板斧赤膊上阵威风凛凛的样子,连皇帝老儿都不怕。"老捕快说到这里,含意深长瞥了眼李逵,"武松虎骨酒热过去了,据我所知,你这次来京城卖酒已引起造酒厂家的注意,盯上你手中的板斧了……

"俺这对板斧是铁的,难道能造酒不成?"李逵瞪着圆眼说。

"哈哈哈,你铁牛老弟真是傻得可爱!"老捕快发出一阵笑声,"如今这年头无奇不有,要说造板斧酒的工艺也简单,一是借你的大名,二是请权威人士撰文,三是设千万元重奖推销,这样上了全国大小电视台,板斧酒不仅能创出空前效益,而且有比美国'伟哥'还厉害的奇效。"

果然没一个月,"李逵板斧酒"广告满天飞,火暴畅销起来,就连偏远县城深夜的街头上,都能看到一些酒徒脚步踉跄,边提着酒瓶边含糊不清地哼道:"喝了板斧酒呀,老婆见我愁……愁……"

吴承恩避难

新闻媒体爆料，有好几个地方为争夺孙悟空故里，纷纷投巨资、甚至圈上几千亩土地，兴建"花果山孙大圣故里风景区"。听到这些消息后，吴承恩就惶惶不安。特别是听说那些官员为了所辖的花果山名正言顺，准备专程来找他，让他写一份证明材料时，吴承恩心里更是叫苦不迭。

本是子虚乌有的孙猴子和花果山，偏有人要寻根对号，岂不荒唐可笑？吴承恩心想，这材料是万不能写的，我吴承恩背不起这骂名呀。但他又得罪不起这些地方权势，就想到了点子多多的罗贯中，何不打电话向他讨教讨教。

不料吴承恩还没开口，电话那一端的罗贯中却先诉起苦来，原来他也遇到了麻烦事儿：由于他在《三国演义》中写曹操害怕死后被人盗墓，就弄了七十二疑冢。现在据说河南安阳已找到并发掘了"曹操墓"，他因此受到有关领导的严厉批评，指责他，当年写《三国演义》未作实地考察，有意隐瞒历史真相，大大影响了旅游收入。

此外，还翻出他的多年老账，诸葛亮隐居的古隆中，他在书中含糊其辞,没有标明准确的经纬度,以致河南南阳与湖北襄阳至今还为此闹得不可开交,影响了两地团结。

罗贯中最后有气无力地说:"承恩,我冤呀……"

吴承恩原以为能得到罗贯中的帮忙,没想到他也厄运缠身,这如何是好?情急之下,吴承恩又想到了施耐庵,此公一生嫉恶如仇,为人就像他所写的《水浒传》中的梁山好汉一样义薄云天,何不去他的家中避一段时间?主意打定后,第二天一大早,吴承恩就急急出了家门。

施耐庵居住的仍是祖上遗留的一幢老宅。吴承恩进得院来,只见树阴底下的一张旧竹椅上,躺着一个病恹恹的老汉,两眼猩红,满嘴是泡。吴承恩见状大惊:"你咋成了这副样子?"

施耐庵见是吴承恩来了,嗓音嘶哑地说:"都是被人气的。大夫说这是急火攻心。你给评评理,俺写鲁智深行侠仗义,为救助酒楼卖唱的金翠莲父女,痛打恃强凌弱的镇关西,何罪之有?可有个啥鸟教授竟说太暴力了,场面血腥,会给和谐社会带来不利因素,给孩子们带来不良影响,呼吁从中学课本中删除。你说说,这不是给俺扣屎盆子吗?就差把俺说成教唆犯了!"

喘出几口粗气后,施耐庵更加愤然起来,"更可气的是,前几天来了几拨地方官员,像走马灯似的,要请俺到豪华大酒楼吃饭,俺一问,才知道他们来的目的。"

"对方啥目的?"

"争抢西门庆故里!"

吴承恩忙问道:"莫非也要你出具一份证明材料?"

"是。"施耐庵道,"俺写西门庆无恶不作、写这恶棍与淫妇潘金莲勾搭成奸、谋害武大郎等情节,俺写武松杀了这对狗男女,就是想告诉人们,恶有恶报、善有善报,千万不可做西门庆这类人渣。可俺怎么也没有想到,这厮现在竟然成了'香饽饽'……"

"那你摁了手印吗?"

"俺怕死后下地狱,也背不起后代子孙的骂名呀。"沉默了一会儿,施耐庵长叹了一口气,"还是你写神话好,没人'对号入座',也没人说三道四。"

听到这,吴承恩不由得苦笑一下,就将自己所遇到的麻烦事儿一口气道了出来,"原想在你这儿躲清静,没想到你的麻烦比我还多,罢罢罢,我还是回家去吧。现在我算明白了,千不该万不该,咱们当初就不该去写这劳什子书!"

神农翻不过的山

神农又要赴鄂西北神农架尝百草了,妻子替他的身体担心,都年过半百的人了,去那人烟稀少的神农架,风餐露宿,只怕连一座山都翻不过去。神农却豪迈地说,只要能完成《中华千年药草大全》一书,征途风雨何所惧,没有我神农翻不过去的山。

这天当神农准备动身时,门外响起喇叭声,原来是市某领导派他的秘书来了,赠送了一顶抗洪用过的旧帐篷,还有碘酒、万金油之类的常备药。神农受宠若惊,没想到上级领导对他这次赴神农架如此重视,一定有什么重大事情委托他办。果然,秘书代表这位领导要求神农这次赴神农架期间,通过亲口尝百草——找到一种对狗节育有特效的药草。这些年因只抓人的计划生育,忽视了狗的生育问题,如今全市狗患成灾,大街小巷弃狗和狂犬乱跑,咬伤人的事屡屡发生,已经到非整治不可的地步了!

神农一听露出为难神色,说:"要找到控制狗生育的特效草药,恐怕很困难,神农架好像还没有发现这种药草。不过这样吧,我尽最大的努力,争取找到一种对治疗狂犬咬伤的草药。"

秘书一听不高兴了，神农架乃是中国原始绿色"宝库"，甭说奇禽异兽，连野人都经常出没，怎么会没有这种神奇药草呢。"神农同志，你一定要深刻领会领导的讲话精神，为什么神农架的野人少，不像其他动物一样被人们轻易捕获？结论只有一种可能，野人除了有高智商外，更懂得如何控制生育，虽然它们不会戴避孕套，但却能通过采某种药草达到控制——"

见神农不吭气，秘书看了下表，亲切地拍拍他的肩，说："拜托了，相信你一定能胜利完成领导交给你的光荣任务。"

神农便收拾行李打起精神，正准备出门上路时，刘主任和杨科长突然来了。一进门，杨科长就粗着嗓子喊道："老神，这次你去神农架尝百草，我说的事千万别忘了，我等着你抓回娃娃鱼下酒哟！"神农忙递烟倒茶，赔着笑脸道："杨科长，娃娃鱼可是国家一级野生保护动物，私自捕捉是犯法要坐牢的，我可没这个胆。""屁！刘主任前不久还去过神农架，不仅吃了娃娃鱼，连金丝猴肉还有啥熊掌，都吃到了。"杨科长一屁股坐在沙发上，看了一眼刘主任，"不信你问问刘主任！"

刘主任也不隐瞒，神情矜持地说："只要不贪污受贿，吃点野味有啥了不起，遗憾的是，上次该吃的虽然都吃了，就是没吃到野人肉。"说到这里，刘主任稍顿了顿，看看神农继续道，"我今天和杨科长来，是张局长想托你办一件事，你以前去神农架尝百草，不是认识当地许多猎户吗，能否帮忙弄几斤虎骨和豹鞭，另外，还有熊胆鹿茸……总之，你一定尽快帮张局长捎带回来。"

"刘主任，这恐怕很难办到，现在不是以前那个时代了。再说，我这次去神农架的时间说不准，可能是半年，也可能是一两年，你还是告诉张局长一声，托其他人帮他捎带吧。"

杨科长不耐烦了,扔掉手中的烟蒂,沉下脸道:"老神,你这次到神农架的旅差费,还是张局长签的字,总得对人家领导有点表示吧?另外,有关你的中级职称问题,这次你放心,已经把你报上去了。还有你老婆的工作,从明天起,我让她不再扫大院了,搞机关的后勤,每个月多加25块钱。"

"好了,好了!老神是个明白人,别再耽误他的时间,我们走吧。"刘主任站起来,并意味深长地瞥了神农一眼,然后拉着杨科长走了。

足足过了10多分钟,神农才醒过神来,还没出家门,这些头儿像走马灯似的你来我来去,不是"拜托"他找对狗有什么节育特效的草药,就是托他带啥虎骨豹鞭,还等着娃姓鱼下酒……这算哪门子事,把我神农当成了什么人。

神农还是毅然背起行囊走出家门,谁知刚走到长途车站时,就被赶来的胡老板拉住了,满脸堆笑,塞给神农一大把钞票。胡老板想通过神农利用神农架方面的人缘关系,替他打通一条走私野生动物的通道,然后贩卖到广东和香港等地,从中牟取暴利。神农心里正憋着火,不禁训斥了胡老板一顿,扔下手中的钞票,登上开往神农架的客车。

正当车要开动时,神农的儿子气喘吁吁跑来了,使劲拍打着车窗玻璃,手中还拿着一张纸条。神农忙问啥事?儿子递出手中的纸条,说:"你看看就知道了。"原来,神农的亲戚朋友得知他今天走,都想托他买点神农架的土特产,像无工业污染的香菇茶叶等等,而纸条上所写的,就是这些亲戚朋友需要的数量和斤数。

车子开动了,神农突然发出痛苦的呻吟,感到浑身乏力,视觉也变得模糊不清起来。这也难怪,神农身背如此"重负",他就是到了神农架,岂能翻得过那一座座坡滑路陡的高山……

财神爷过年

以前过春节，家家酒楼、店铺和茶馆抢着接财神爷，盛情款待；就连许多百姓人家，都给他烧上几根香烛，虔诚供上一份薄品。一个春节下地，财神爷不知捞到多少好处。

可今年，腊月二十四小年刚过，财神爷就失踪了，钟馗找他，李鬼找他，潘金莲也到处找他，并不是请财神爷上家喝酒，而是找财神爷算账的。

先说钟馗吧，没日没夜地替财神爷看守大门，甭说春节给加班费，甚至还拖欠三年零九个月的工钱。钟馗每次提工钱的事，财神爷就蛮不高兴，吹胡子瞪眼地说："我财神爷是何人，还会赖你的这点工钱吗？等到过年再一起算吧。"

钟馗就眼巴巴盼着春节，等财神爷结算了工钱，一家老小就能过个团圆年了。谁知年关头上，财神爷竟然失踪了，他能不气愤和焦急吗？

再说李鬼，以前他和老婆是开店的，想财神爷照顾他的生意，逢年过节，总要请财神爷上家里海吃海喝，塞红包，财神爷也拍着胸许诺：三年之内，包你老弟发大财。李鬼乐坏了，有财神爷打包票，他还能不成为大老财吗！李鬼就开始不务正业，上赌场、逛妓院，过起好逸恶劳的日子。谁知两个三年都过去了，李鬼甭说发财，还欠下一屁股债，财神爷也不去光顾了。李鬼便当起强盗，拦路抢劫，被抓后坐了几年牢，老婆也和他离婚了。

李鬼咬牙切齿地说："财神爷将我害惨了，老子不会轻饶他，非让他把吃进肚里的东西全吐出来！"

潘金莲也恨死财神爷，她老公武大郎卖烧饼难以维持生活，前年她就到按摩屋挣"小费"，碰上财神爷，死乞活缠，将她睡了，说好给三十文铜板的，至今还没付。潘金莲愤懑地骂道："啥狗屁财神爷，玩女人连这点钱付不起，老娘不能白让他占便宜，他敢赖账不给，老娘就拖他去官府。"

可是，上哪儿去找"失踪"的财神爷呢？李鬼发恨地说："就是挖地三尺，老子也要找到姓财的家伙。"

腊月二十九，财神爷还真被李鬼找到了。原来，财神爷躲在城郊一座荒废的破庙里，缩在墙角稻草堆处，旁边还搁着一个装酒的破葫芦。钟馗闻讯赶去时，李鬼正抓着财神爷拳打脚踢，仍不解恨，还要下财神爷的一只膀子，被钟馗阻挡住："别闹出人命，快让他算清大家的钱。"

李鬼才松开财神爷，瞪着眼凶狠骂道："快把老子孝敬的那些钱财吐出来，不然，老子今天就放你的血！"

财神爷挨了一顿打，酒也吓醒了，颤颤抖抖地："求求两位兄弟，放老哥一马，年关头上，老哥实在没钱还诸位，我给两位兄弟下跪磕头。"

"你可是财神爷，每次我讨工钱，你不是说你家财万贯，不会赖我的这点小钱吗？"钟馗生气追问道。

"我那是吹牛皮，空架子。"财神爷哭丧着脸，开始实话实说："我只是一个小小的灶神，还没七品芝麻官大，每月就那么点薪水，如果我不吹嘘，逢年过节，谁会请我吃喝，塞红包巴结我呢？"

"你骗人！"李鬼压根不相信，大声呵斥财神爷："别以为我李鬼不知道，每年你手上都有发财指标，快说，你都给哪些人了？"

财神爷却冷笑起来："我要是有发财指标，还当啥狗屁灶神？会像丧家犬似躲藏于荒凉的破庙里吗？"说到这里，财神爷凄然长叹一声，又神情悻悻地："这么多年来，就因为我财神爷虚名在外，什么阴间阳间、黑白两道，还有上头的诸神，都以各种借口找我要钱、索物，有的甚至公开讹诈，狮子开大口……唉，我财神爷过得不是人过的日子啊！"

"诉他妈的啥苦，老子已经饿三天了，你身上现在有多少钱？快拿出来！"李鬼凶声喝问财神爷。

财神爷在身上摸了半天，才摸出几个铜板，这还是刚才出去打酒剩下的。李鬼仍不死心，眼睛骨碌碌转了下，伸手扒开墙角那堆稻草，搜出财神爷平时老托着的那块大金元宝，狂喜地喊道："哈哈，有这黄澄澄的玩意，过年也够我花的了！"

李鬼话音未落，潘金莲突然冲了进来，尖声叫道："你不能吃独食，老娘也有一份。"就与李鬼抢夺金元宝起来。你抢我夺中，李鬼揪住了潘金莲的头发，潘金莲则咬住他的手，只听"叭"地一声响，金元宝从李鬼被咬的手中滑落，坠地摔成了两半。

钟馗拣起一看，哪是什么黄货，只是一块抹了层金粉的泥巴坨。

第四辑·旅途情归处

狗嘴捞"金"

苟四那天打麻将，赢了七八百元钱，谁知深夜回家时，却被一只野狗咬伤了！于是，他就赶紧到医院打狂犬疫苗，医生说要打五天，每天一针200多元，苟四还倒贴了三百块钱。

苟四恨得直咬牙，牌桌上辛苦赢了一回，却填进了狗嘴里。不行，失去的损失，我一定要想办法从狗嘴里捞回来。这天，苟四溜到一居民小区，见几个老人正在练太极拳，所带的宠物在林边追逐和撒欢。苟四做出各种挑衅的动作，一只宠物被激怒了，扑上来，冲他"汪汪"叫了起来！苟四马上跛子拜年——就地一歪，发出惨叫声，"哎哟，这是谁的狗，把我的腿咬了！"

一老人赶紧跑了过来，搀扶起捂着右腿的苟四，果然，他的腿被"咬"伤了，正在流血。老人一边骂狂叫的宠物，一边要送苟四到医院治疗，苟四故作呻吟道："你老年纪大了，不如这样吧，给个打狂犬疫苗的药费，我自己到医院治疗。"

老人也害怕麻烦，就掏出几百块钱递给苟四，然后带着宠物快快地走了。苟四差点乐出了声，原来，他只是在被野狗咬伤的腿上洒了点红药水，结果就瞒过了宠物主人。嘿嘿，这比牌桌上赌钱来得快多了，真是一条生财之道呵！

接着，苟四的胃口便大了，他盯上了一个姓周的有钱包工头，摸清了周家的情况，了解到周家所养的宠物曾多次咬伤过人，赔了很多钱，现在只是每天早上，才将宠物放出来一会儿。

这天一大早，苟四就悄悄摸向独门独院的周家，只见大门紧闭着，门外蹲着一条大黄狗，尖嘴、长尾巴。苟四开始时有些胆怯，但一想那一沓沓的钞票，胆子就又壮了起来。他一边做出挑衅的动作，一边扔出事先准备好的一块鲜肉，那大黄狗果然上钩了，张口咬住鲜肉吞下的同时，苟四的惨叫声也响了起来，"哎哟，周老板，你家的狗把我咬伤了！你管不管？"

苟四的惨叫声，并没有惊醒周家的人，倒是大黄狗尝到肉的滋味后，凶狠地向他逼了过来。苟四正欲提高嗓门时，突然从近处传来了呵斥声，"你他妈一大早鬼嚎什么，周家的人前两天就出外……还不赶快跑！你面前的不是狗，是从外地马戏团逃出的一条饿狼！"

老家没有桂花

妻子总想调到 B 厂来工作,那 B 厂虽只有百把人,但效益却十分好,每月还有奖金。而且新任该厂的罗厂长是我老乡。那天我拗不过妻子,就买了些礼物一起上门拜访。

老乡厂长在家,刚陪着两位客商喝完酒,眼珠红红的。他相互介绍了一番后,又兴致勃勃地接上酒桌的话侃了起来,"我们老家的桂花名闻全国,村村户户都栽有桂花树。每年一到八月,那里简直成了桂花的海洋,十里之外都能闻到……不信,你们问问我这位老乡。"

两位客商将目光投向了我。我感到十分难堪,如坐针毡。犹豫片刻,我终于鼓起勇气,摇摇头道:"我们老家的桂花是出名,但不是村村飘香,像罗厂长和我所在的村子,就没有桂花。"

老乡厂长的脸沉下了。

一客商好奇问:"那你们老家有什么?"

我答道:"茶树、杉树,更多的是普通的松树。"

老乡厂长脸上泛出愠容。

妻子忙暗地拉了下我,插话道:"这几年你又没回去,咋知老家不是村村户户栽种桂花树？"说完又踩踩我的脚。

我瞥瞥拂袖离座的老乡厂长，大声问妻子，"今年清明你不是同我一道回老家祭祖，叔伯婶娘是咋对你说的？上头搞形式主义，要各乡各村砍掉路两旁原有的树，统统栽种桂花……"

谈话不欢而散。

返回的路上，妻子生气埋怨我，不该在客商面前多嘴多舌，让老乡厂长难堪。这下可好，她调动之事也没希望了。我对妻子诚恳道："老家的情景你都看见了，更多的是不是那些普通的茶树、杉树和松树？"

妻子看看我，叹了口气没吭声了。我又对妻子说道："有这位老乡厂长管的厂子，你最好别去，再好的厂子将来也会倒闭。"

果然没一年，好好的B厂成了亏损"大户"，老乡厂长被撤了职。没过多久，又听说上头把他调到另一个厂……

无药可救

一天晚上，三个赌鬼又约阿强去码"长城"。可老婆最近管得严，急得阿强直抓脑壳，不知如何蒙骗老婆出门。

老婆正坐在客厅看电视，是有关外地非典型肺炎的"新闻"。阿强马上灵机一动，跑进厨房，"咕咕——"朝肚里灌了一壶热水，又连啃了一串干辣椒，然后走进客厅，故意挨着老婆坐下看电视。

不一会，阿强喷嚏连天，头上的汗直冒，鼻涕也被辣椒"辣"出来了。老婆满面狐疑，"你咋啦？"阿强哭丧着脸说："这两天感冒了，肺部挺难受……不信，你摸摸我的脑壳？"老婆伸手一摸，神色大惊，"咋烧得这么厉害，你究竟得了啥病？"

阿强干咳了几声，吞吞吐吐地说："你没看最近报纸电视上报道的'非典'吗？病症就是发烧、咳嗽、流鼻涕……"

老婆一听吓坏了，慌忙推着阿强，"那你还不赶快去医院！"

阿强坚决谢绝了老婆的陪同，要自己去医院。一走出家门，阿强就马上打的赶到赌场，并很快投入了"战斗"。正当阿强赌得兴起，连和了两个七对时，赌鬼张三的手机突然响了，张三刚"喂"

了两声，脸色就变了，朝阿强瞥了一眼马上站了起来，拱拱手说："对不起，家中出点事。"就像躲瘟神似的快快离开了。

张三刚一走，李四的手机又响了。李四一接听，脸色也变了，他朝阿强连瞥了两眼，马上也找借口溜走了。剩下的一个赌鬼正疑惑不解时，他老婆突然闯了进来，一把拧住他的耳朵，气急败坏地骂道："砍脑壳的，你不想活了老娘还想活……"

屋里只剩下阿强了。这时外面响起救护车的警笛声，少顷，只见几名身穿白大褂的医生冲了进来，见阿强还愣怔在那儿，如释重负地松了口气，其中一个医生马上吩咐到："快，快先给他消消毒！"一名年轻护士忙拿出消毒水，朝阿强劈头盖脸地喷洒过来。阿强受冷水一激，连连打了几个喷嚏，转身就朝外跑，没想到门外又冲进来两个警察，使劲按住了他。阿强又气又急，大声嚷叫了起来："你们这是干啥，干啥？"

"干啥？难道你心里不清楚吗？"医生扶扶鼻梁上的眼镜，生气地提高了嗓门，"太不像话了，得了'非典'不去医院，还想将病毒传染给社会！幸亏你老婆觉悟高，及时通知了医院。知道吗，你老婆还通知了你那些……"

"我们也是接到他老婆的报案电话，才赶来的。"胖子警察瞧了一眼桌上的麻将，拍拍阿强的肩，"老弟，看来你的病情比'非典'还厉害，就算警方对你实行24小时监控……唉，你确实到了不可救药的地步了。"

见阿强手中还捏着骰子，另一个警察摇摇头："我看你是无药可救了……"

非洲狼

近来 B 市纷纷传闻，动物园逃走了一只狼，这只狼是刚从非洲引进来的，专吃鲜肉，凶猛异常。全市人心惶惶，晚上都不敢外出，害怕遭受这条异国狼的突然袭击。

之后，有关这只非洲狼的动向几乎每天都有新的传闻，诸如"临江街有几家养的宠物成了狼的口中美餐"呀，"一对年轻恋人在花丛中与狼遭遇"呀，等等……

正当这条狼成为 B 市的焦点"新闻"时，又有消息传来，动物园已将这只狼捕获，目前关在特制的铁笼里。市民们在感到欢欣鼓舞之余，不禁产生了好奇心，纷纷前往动物园观看这只可怕的非洲狼。

一直门庭冷落的 B 市动物园这下热闹起来，门票从 20 元猛涨到 50 元。然而，市民觉得，关在铁笼内的仍是从前的那只……

"换房"旅游

大民平时很少上网,家里的电脑不是妻子淑英占着炒股,就是儿子霸着玩游戏。

可是最近几天,电脑却让大民一直掌控着,与杭州的一位张女士说笑聊天,连妻子淑英没干扰。原来,大民是在和对方商谈"换房"旅游的事。

去年十一黄金旅游周,淑英就想一家人去杭州旅游,大民不同意,说干吗赶黄金旅游周去凑热闹?要去,就不能走马观花,或每天住宾馆、上馆子吃饭,得像杭州当地市民一样,找个自己的"家",这样既节省钱,又能好好地玩个痛快。

于是,大民就想到"换房"旅游,眼下欧洲流行的一种度假……

这事还真让大民谈成了,对方说,她小时是跟姥姥在黄石长大的,尽管黄石早已没有亲人了,但她仍留恋儿时的那段时光,而且,她丈夫和儿子都喜欢吃武昌鱼,丈夫还想寻找在黄石的昔日战友……并与大民敲定好时间,就这星期六,双方各自同时动身,坐一晚上火车,第二天就能各自住进异地的新"家"。

淑英虽然高兴，却又心存顾虑，家里才刚装修过，许多家用电器都是新添置的，万一对方当成了临时"旅店"，不爱惜，或损坏了咋办？家里还收藏有一些古玩和邮票册，是大民的父亲遗留下的，上星期还有一个古董商上门……

第二天，趁大民提前买火车票之机，淑英就将微波炉、珍贵邮票册等一些该认为收好的物什，锁进了小阁楼。仍然不放心，正在她做些暗记时，恰巧被回来的大民看到了，不禁生气说妻子，"就你小心眼，不该掖着的你也掖着。""啥不该掖着？""信任！你咋对人没一点信任感，累不累呀？"淑英却笑了笑，"防人之心不可无，还是谨慎点好。"

临动身的这天，大民特意到集贸市场买了两条鲜活的武昌鱼，留给明天到来的张女士一家"品尝"，还有一些当地特产，像珍珠米酒、港饼鸭蛋、等等。另外，给张女士的儿子准备了一些玩具，淑英有些不高兴，但话到嘴边又忍住……

下午，大民一家三口坐上火车就出发了。第二天九点多钟，才到杭州。然后，他们打的到靠近西湖的宛虹社区。用张女士用快件邮寄的钥匙，打开了暂住一个星期的新"家"。

儿子兵兵一走进去，就高兴地叫了起来，原来桌上放着一辆电动坦克，还有一些兵兵喜欢的新玩具。淑英环视了下，三室一厅，也是刚装修的，地板光洁照人。女主人还特别有心，在厨房几处贴有小纸条，像电冰箱上贴着"特买三只杭州叫化鸡，两只鸭，请自用"。灶台旁贴着："因原微波炉老旧，怕给你们带来不便，已换了新的。"厕所里也贴有"使用时小心滑倒"。

此外，还有一张手绘的杭州旅游路线图，除了西湖、雷峰塔外，其他的景点怎么走，坐哪一路车，中午在哪儿品尝正宗的杭州菜肴，该在什么地方购物，图上都标得一清二楚。让淑英感动的是，她有胃病，张女士在网上和大民聊天得知后记在心里，特为她买了一瓶药，并在便条上嘱咐她，少吃辣的甜的，就寝前最好用小暖袋暖下胃部。大民感慨地道："杭州山美水美，人更甭说，这么热情、周到……真像是回到了自己的家呀。"

大民说到这里，有意瞥了一眼妻子，淑英的脸不禁红到耳根……

求爱信

姐姐的征婚启事登在某杂志后,没几天时间,就收到了许多男性的求爱信。这些信有的洋洋万言,有的说得很肉麻,还有的炫耀自己如何富有,等等,但姐姐都不屑一顾,唯有一封信引起她的注意。

这封信是从广州寄来的,信封内虽然装着几页纸,却没有内容,只是在信封的右下角,写有"张大憨缄"几个字。而且。邮递员每星期都要送来一封。这样过了两个月,姐姐实在忍不住了,就按照信封上的地址,给这个叫张大憨的小子回了一封,信中质问他说:"这究竟是怎么回事,你能对我解释一下吗?"

没过几天,姐姐就收到了回信,只见上面端端正正写着:"俺是个河南农民工,想说爱你,却不知用啥语言表达!"

姐姐嫣然一笑,当天又回了第二封信,她在信中写道:"既然无法表达,就埋藏在心里吧。"

一个星期后?那河南小子的回信来了,还是用挂号信寄来的,我抢先拆开一看,不禁乐了,原来上面只写了一个字"中"!

石　鳖

落日时分，一阵车铃声从萧瑟的湖边传了过来，夕阳将三个钓鱼者的身影拽得长长的。大李有气无力踩着车，满脸懊丧，"妈的，如今的鱼也成了精，撒再好的食，就是游来游去不上钩。"

马科长也无精打采，一个劲埋怨地说："要不是小孙吹牛，说这里鱼好钓，我今天就跟张局长一起去了，来去还是能坐局里的小车。"

"今儿是湖风大。"小孙从后面赶了上来，赔着笑脸说，"要不这样，下个星期我带你们到我舅舅的鱼塘去钓。"马科长没吭声，朝前面看了看，对大李说："钓了一天鱼，比上班还累，我们到前面树下歇歇。"

到了前面路边的树下，三人便停下休息。大李替马科长点起烟，然后拿起自己的鱼篓说："马科长，我这两条鱼就给你了，不能让你陪我们白跑一趟。"突然，走到一边废井旁的小孙叫了起来："你们快来看，这井里有一只大鳖！"

"啥，有甲鱼？"

马科长和大李赶快跑向废井，趴着井沿朝下看，果然不太清的水井底下，卧着一只圆圆的大鳖，背壳上长满了麻斑。马科长马上吩咐大李，"快，用鱼竿摁住，别让鳖跑了！"说完又推了推身边的小孙，连声催促道："还愣着干啥！你年轻，快下井抓上来呀！"

小孙赶紧脱下衣服，下到井里，在水中摸索了会儿，仰头喊道："马科长，这不是真鳖，只是一块石头。"不料马科长一听眼更亮了，喜形于色地说："赶快弄上来，小心，别碰坏——"

小孙费了好大气力，总算把这块石头弄了上来。好家伙！除了不能动弹外，怎么看都像一只栩栩如生的鳖。马科长拉开了大李，笑着对他两人说："我篓子的几条鱼，你们拿去分吧，这块石头就归我了。"说着赶紧找来一些稻草，把这块石鳖抱到一边，小心翼翼地扎了起来，最后又脱下身上的线衣，包裹好后才绑在车尾上。

小孙穿好了衣裳，看大李在倒马科长篓里的鱼，心里挺过意不去，便拉了一下大李悄声地问："那只是一块石头，我们分马科长的鱼，这不是占了他的便宜吗？"大李白了他一眼，没好气地答道："你知道个屁？当头的啥时吃过亏……那是一块极难觅的奇石！"

穷赶热闹的鸵鸟

鸵鸟赶场的事儿，最先是王科长在局里说的。上个星期天，听说动物园的鸟语林正式开放，他便陪着妻子去游玩，在那里发现一只非洲鸵鸟有"怪癖"，孔雀表演"东南飞"时，它也拼命朝草地上跑……

王科长在局里讲这事时，大家不感到什么稀奇，看法也几乎一致，这只鸵鸟并非有"怪癖"，而是闲得无聊，穷赶热闹。可是，到了这个星期三，局里已经有三分之二的人去动物园"光顾"过。马主任还证实，王科长没有欺骗大家。那只鸵鸟确有"怪癖"，只要有孔雀在草地上表演"东南飞"，它都乐此不疲地跑去参加。马主任还打听到这只鸵鸟叫佳佳。

马主任讲这事儿时，顾副局长、吴副局长在场。两位副局长摇着头，想法和看法也是一致，这只鸵鸟没有什么"怪癖"，只是闲得无聊，穷赶热闹而已。

谁知星期五的下午，在杜局长召开的局工作总结会议前，顾副局长首先谈起鸵鸟赶场的事。顾副局长兴致勃勃地说，他上午和吴副局长去了趟动物园，了解到的情况比大家还清楚，那只叫佳佳的非洲鸵鸟，是去年刚孵化出来的。以前它都是在园子里闲逛，一个月前才发现有这种"怪癖"，现在鸟语林每天的五六场孔雀"东南飞"表演，它几乎都没落下……

"可不是，"吴副局长也是兴致勃勃，告诉杜局长说，听动物园的饲养员介绍，孔雀的节目表演完了，观众都散了，这只鸵鸟还舍不得离开草地。真是奇怪，咋会染上这种"怪癖"呢？

杜局长听着不以为然，与大家刚开始的看去一样，鸵鸟赶场子，一定是闲得无聊，穷赶热闹。杜局长还有一点不同的看法，叫佳佳的鸵鸟，是不是想通过这种"怪癖"来减肥呢？或者当个"模仿秀"……

星期一的早上，大家来局里上班，还没上楼，就听见杜局长的洪亮声音，"星期天我连鱼都没钓，专门去了趟动物园，在鸟语林呆了一上午。下午，我还就鸵鸟赶场的问题，请教了一位老教授，你们知道老教授是怎么说的吗，就八个字，'闲得无聊，穷赶热闹'！"

冯大妈的聪明

娜娜是个单身白领,经常开着一辆跑车上下班。前不久,她刚把家搬到磁湖小区,但没多长时间,小区的居民就发现这个开跑车的白领女郎有个不良习惯——喜欢乱扔杂物。

可不,只要娜娜一开跑车出门,车身后准会出现一道道抛物线,什么零食袋、饮料瓶、废报纸、车券、收费单等等,够小区的清洁工清扫半天的。对此,居民小组长冯大妈真是伤透脑筋。

这天早上,娜娜到公司上班,照例将昨晚吃剩的鱼刺、鸡骨头,还有一点残汤冷羹胡乱装入一只塑料袋里。然后坐电梯下来,从车库开出跑车,在拐过花坛时,随手从车内抛出那只塑料袋。不料"啪"地一声,不偏不斜,恰好砸在一个坐在石凳的青年人头上。

这青年是个光头,相貌看起来挺凶狠,嘴上叼着烟,裸露的胸膛上还刺有一头狰狞的狼头,像社会上不好惹的角儿。果然,当他看清砸中脑壳的竟然是一袋吃剩的鱼刺、鸡骨头、还有残汤冷羹,还弄得他一头时,不禁大怒,他跳了起来骂道:"妈的,这是谁瞎了狗眼,把老子当成垃圾箱……"

娜娜慌忙走下车，连声向这青年赔不是。不料，对方见她开这么好的车，穿得这么时尚，一双凶眼瞪得更大了！正不依不饶时，冯大妈拎着菜篮急忙走了过来，青年人"哼"了一声，转身走开了。冯大妈显然目睹到了刚才的情景，走过来后，先瞥了一眼那青年的背影，又看看发怔的娜娜，摇着头叹一口气："唉，你这伢，这回你可惹出麻烦了！"

"大妈，他是谁？"

"这小子绰号叫黑子，半月前才刑满释放回来——"

"啥，他坐过牢？"娜娜像被毒蜂蜇了一口，脸色也变了，意识到问题的严重性，心里更加紧张起来。

冯大妈说："三年前，在公交车上有个乘客抽烟，把他的衬衣烧了个洞眼。其实就20多块钱的事，可这小子硬说是啥世界名牌，讹诈了对方3000块钱。总之，这小子劣迹斑斑，就凭他那一副凶狠长相，小区的女伢，见了他就像见瘟神似都远远地避开……"

看着脸早变了色的娜娜，冯大妈马上又开始转开话题，带着几分埋怨地口气说："为乱扔废杂物的事，大妈每次找上门，你这伢总说下不为例，可没过两天又犯了，咋就改不掉不文明的陋习呢？"

"大妈，都怪我没记性，我今后一定改。"娜娜忙用央求地口气说，"你就说今天的这事咋办？"

"甭怕，你又没伤着他。"冯大妈笑了笑，将娜娜推上车，一脸正色地说，"只要你这伢能改掉陋习，大妈包你没事。大妈这就去警告那小子，不准他找你的麻烦，更不准骚扰……快去上班吧！"

尽管冯大妈打了包票，可娜娜心里还是惶惶不安，一连几日，脑子里总晃动着黑子那张凶狠的脸、及胸膛所刺的狰狞狼头。当然，废杂物也不敢再随意乱扔了，她还专门到超市买回一只绿壳垃圾桶。

半个月过去了,娜娜所担心的事并未发生,但她仍不相信黑子会罢休。她再也无法忍受这种恐慌,决定花钱私了。她想到黑子刚释放回来,又没工作,如果主动赔偿他两千元钱,从情理上来说黑子应该满足,要是这样,她也能解除了后顾之忧。可是,她平时几乎不跟小区其他人接触,甚至连邻居姓啥都不知道,更甭说黑子的情况和住址。虽然居民小组长冯大妈晓得,但这事儿必须瞒着她,如果让她知道了,她是决不会同意的。

说来也巧,这天娜娜下班回家,因为原先长走的那条路路面整修,所以她改走的熙阳路。谁知半路上跑车出了一点毛病,见附近有个修车行,娜娜便把车开了过去。巧的是,在这里遇到了那个绰号叫黑子的青年,她看到黑子手中拿着墨镜,正对两个修理工吩咐着什么。她心里犹豫了一下,还是硬着头皮推开车门下来,并上前打了声招呼:"黑哥!"

黑子开始没认出她,直到她叫了两声,才想了起来,他下意识摸了摸头,"哼"了一声,脸色也沉下了,"你找我干啥,还想把我当你家垃圾箱呀?"

"黑哥,那天是我错了,不该往车外乱扔东西。"娜娜忙一边道歉,一边从小包掏出准备好的钞票,"这两千块钱,算是我的赔偿。"

"干啥,你这是干啥?"黑子表情先是一怔,马上像似明白了过来,猛推开娜娜递过的钞票,生气地说了起来,"你把我当成了什么人,是敲诈犯,还是街头地痞、小混混?"

黑子继续说道:"你大概看到黑哥我长相不佳,一副凶巴巴地样子,胸膛还刺着狼头,就以为我是黑道上的,要不刚从牢里释放回来,对不对?"

见娜娜的脸一下红到脖根,黑子的声音更高了,"那天妹子你也太不文明了，摊在谁的身上都会发火、骂娘！我要是跟你较真，你走得了么？再说，这修车行谁来管理，几十号人还靠我这老板发工资呢。另外，要是那样的话，我妈也饶不了我……"

"你妈？"娜娜如坠雾中，忍不住问道，"黑哥，我见过她吗？"

黑子哈哈笑了起来："咋没见过，就是冯大妈呀！"

黄大妈擒凶

半月前,黄大妈将一只叫圆圆的猫头鹰送进市鸟类救护站。随后,她就像丢了魂似的,坐立不安,晚上也经常从噩梦中惊醒。黄大妈患有一种病,久治不愈,乡下侄儿打听到猫头鹰是治姑妈这病的"土方子",就想办法给她弄来一只猫头鹰,送来时这只猫头鹰还只是一只瘦小而秃毛的雏鹰。

黄大妈生性善良,她并没把这只猫头鹰当药引,而是让老伴做了个笼子,每天给猫头鹰喂精心挑选的肉丁,还给它取名"圆圆"。一年多时间过去了,圆圆渐渐已羽毛丰满,每天活蹦乱跳的。黄大妈知道,她可以把这只猫头鹰当孙子一直抚养,但这并不是它的家,它应该生活在野外的树林之中,那儿才是它真正的家。

所以,经过一番慎重考虑后,黄大妈决定将圆圆送到市鸟类救护站,经过一段训练后,由鸟类救护站将它放归大自然。

那天,黄大妈和老伴一起将圆圆送到市鸟类救护站。当时站里面冷冷清清,等了好半天,才从值班室走出一个年轻的饲养员,她黄发曲卷,手中还拿着几张扑克牌,一见黄大妈拎着鸟笼,就知道是来求助鸟类救护站放归大自然的，还在嘴里嘟咕了一句："在外面卖几百块钱不好，送来还不是死。"

黄大妈听着心里猛地"咯噔"了下，这时候，值班室又走出一个矮胖的中年人，叼着烟，手中也拿着几张扑克牌，他就是这鸟类救护站的苟站长。见黄大妈露出狐疑之色，苟站长马上将饲养员叫到一旁，训斥了几句后，拿出登记簿，让黄大妈填了下，然后接过鸟笼，让饲养员送到后面的鸟棚去了。黄大妈正想叮嘱几句，但又来了个提着鸟笼的女士，送的也是一只猫头鹰，便没有再说什么。

苟站长把黄大妈老两口送出来，满脸堆笑地说："大妈，保护野生鸟类是我们应尽的责任，不然政府设立这个鸟类救护站干什么？您老放心好了，凡是市民们送到这里来的鸟，我们都会放生，大自然才是它们的家不是？"

这天回到家后，黄大妈心头老觉得堵得慌，琢磨着那年轻饲养员的嘟咕声，他为啥说送来还不是死？这里面一定有猫腻。但老伴却不在意，见她盯着空鸟笼发怔，便安慰地说："那本登记簿你不是仔细看过吗，仅这两个月送到鸟类救护站去的猫头鹰，就有20多只。再说，鸟类救护站已办好多年了，墙上挂着文明单位的匾儿，你就放心好了，不会有啥问题的。"

半个月过去了。因黄大妈心里老惦记着圆圆，这天，她独自去了趟鸟类救护站，不料大门紧锁，人都到局里开会去了。黄大妈只好离开，途中路过一家超市时，碰到以前在一起晨练的周嫂，周嫂刚搬到这附近居住，好长时间不见，自然就有聊不完的家常话儿。见黄大妈神色不太好，忧闷不乐，周嫂关心地问："黄大妈，你患了病吗？"黄大妈叹了口气，就将家养的一只猫头鹰送到鸟类救护站的事儿说了，"现在不知是死还是活？"周嫂马上笑着说："这事好办,我弟弟就在鸟类救护站当饲养员,我帮你打听下吧。"

黄大妈这才知道,那个黄发曲卷的年轻饲养员,就是周嫂的弟弟。当天刚吃完晚饭,周嫂就打电话来了,告诉黄大妈说,她弟弟开始不肯说实话,后来在她再三逼问下,才说黄大妈送去的猫头鹰连同另外几只,当天中午,就被苟站长送到酒店了。"这么说,我的圆圆早成了食客的盘中餐?"黄大妈顿感眼前一阵漆黑,心如刀绞。"大妈,你别难过,我还听我弟弟说,那姓苟的站长不仅经常这样干,挣'外快',还经常把市民送到救护站的鸟儿和其他野生动物,赠给他的一些朋友……"

"你知道是哪家酒店吗?"

周嫂在电话中迟疑了下,才说出是市郊滋湖岛的锦花酒店。最后又再三叮嘱黄大妈说:"你知道这事就行了,如今社会就这样,千万不要捅出去,万一传到苟站长耳里,追查到我弟弟头上,我弟弟的饭碗就保不住了。"

放下电话后,黄大妈哭泣起来,老伴也甚感气愤,鸟类救护站邪了,竟敢如此残害野生动物。见黄大妈要报案,老伴说捉贼要赃,你没证据警察是不会立案调查的。老两口商量了一番后,决定明天化装成食客,去市郊滋湖岛的锦花酒店,只要掌握到这家酒店的"证据",就能拔起的萝卜带出土,把姓苟的站长送上法庭。

第二天中午,黄大妈老两口就来到市郊坐着游艇登上滋湖岛。随后他们来到锦花酒店,见内堂走出一个长着张熊脸的中年男子,他是店里的老板。在询问了黄大妈老两口几句后,中年男子主动介绍了起来:"想吃野味你们算找对地方了,我这店里不仅有各种鸟肉,还有穿山甲、蟒蛇和野猪、等等,都是国家禁止捕杀的野生动物。如果来晚了的话,根本就没有位子。"老伴就点了个猫头鹰肉饨香菇，黄大妈则找了借口，说花 200 多元买这道菜，别以劣充优，想亲眼看看厨子宰杀。见黄大妈上了年纪，老板也没太在意，就让黄大妈去了店后面的屠坊。

黄大妈一走进屠坊，就一阵作呕直想吐，在难闻的血腥气味中，只见靠墙角的几只铁笼内关着七八只猫头鹰及其它的野生动物，地下都是这些动物的残毛残皮，中间一个热气腾腾的木桶内，还泡着一只刚宰杀的猫头鹰，割开的气管咕嘟嘟冒着血泡，睁看双圆圆的大眼，好像是死不瞑目似的。黄大妈怔站了会，正欲离开时，忽发现地下有个发亮的环儿，便伸手拣起，擦了下一看，这只刻有 H 印记的特殊环子，不正是圆圆右脚上戴的那只吗，黄大妈藏好走了出来，捂着胸口故意装着痛苦的样子，对老伴说："老头子，我的心痛病犯了，下次再来吧。"老伴会意，马上就搀扶着她走出了锦花酒店。

回到市区后，老两口就立即向警方报了案。

黄大妈并不知道，警方已开始对鸟类救护站展开调查。原来前几天，警方在高速公路上拦截了一辆开往广州的大货车，缴获了十多只偷运野生动物的铁笼子，里面就有 15 只猫头鹰，于是便送往鸟类救护站帮忙托管，待案子了结后再放生大自然，谁知仅只几天时间，这 15 只猫头鹰就只剩下两三只了，苟站长先说，那些猫头鹰是因为受伤过重而死亡的，后又改口说是饿死的。警方要求活要见鹰，死要见尸，而苟站长却一只也拿不出来……

有了黄大妈提供的"铁证"，警方马上出动，对锦花酒店进行大搜查，找到了在鸟类救护站所"失踪"的猫头鹰下落。几天以后，看着苟站长被警方押上囚车，黄大妈长吁出一口气，脸上露出了欣慰的笑容。

土鸡"摇滚队"

张强在县剧团干了多年杂工。这份工作累人不说,还挣不着钱。张强不愿意再干了,想着趁自己还年轻干点事业。

张强的家离县城不远,这天回到家后,他就将自己想法跟父亲说了。父亲同意了,为了帮助儿子,他将自己所承包的一片山林交给他,让他种植果树,说好好干上几年,等把山林变成果园以后,日子就好过了。可张强却不想种果树,他说咱们这周围就有不少种蜜橘、苹果和橙子的果园,等到他种的水果上市,那还不是"迟到了的秋天"吗,没什么前景。

"那你想干啥?"

"办个鸡场,专养咱们这地方特有的'三黄鸡'。"

父亲摇起头说:"你以前从没养过鸡,行吗?"张强说:"有啥不行的,摸索一段时间,外行不就变成了'内行'了吗。"接着,张强又告诉父亲,城里人对市场上出售的洋鸡,越来越没啥味儿,嫌洋鸡肉粗糙,不如土鸡鲜嫩。去年他随剧团到省城演出,中午上街吃饭时,发现明明是四川人开的馆子,却有很多都打着三黄鸡汤馆的招牌……

看儿子信心十足，父亲就没再反对。那么上哪儿弄那么多鸡崽？甫看那些挑着箩筐叫卖的小贩，说是"三黄鸡"鸡崽，可两三个月一长大，就露出了"原形"，都是大脚爪的洋鸡。

张强笑了笑，他压根就没想向小贩买鸡崽，眼下正值孵鸡崽季节，他要亲自到乡下收三黄鸡鸡蛋，自己孵鸡崽。

第二天一大早，张强就揣上钱，到附近走村串户上门收蛋。没几天功夫，张强就收了上千枚三黄鸡鸡蛋。他在山林小屋开上电暖器，利用棉褥代孵的土办法孵蛋。20多天后，鸡崽一个个从棉被里钻了出来，欢叫声一片，沉寂的山林一下变得热闹了起来。

鸡场正式建起来了，张强每天开心地忙个不停。他在饲养鸡方面与别人不同，除了喂玉米、谷糠、红薯、草和虫子外，每天还让鸡崽早上、晚上喝牛奶。这让父亲无法理解：天下哪有用牛奶喂鸡的，这不是提高饲养成本吗？

张强得意地说："特色鸡，就应该'特殊'饲养。没看到都两个月了，这些喝牛奶的鸡崽多健康，没一只生病的。买药打针的费用不就省下了，这其实是减低了成本。"

张强"别出心裁"的举止还在后头。他在鸡场的桂花树上安了一只喇叭，播放起强劲的迪士高音乐。鸡崽们刚开始时，非常害怕，惊得上蹦下跳的，但没过多久，就听得习惯了。张强又一日三次给它们播音乐：早上听唢呐，中午放摇滚，晚上播轻音乐，鸡崽们也渐渐变得很有乐感。只要一听到树上喇叭音乐响起，就都伴随着乐曲摇头摆腿，翩翩起舞，音乐一结束，它们又恢复常态，在向阳的山坡上，或悠闲踱步，或低头啄食。

六七个月过去了，由于"舞蹈养鸡"运动量大，张强的鸡都长得比较瘦小，每只鸡只有三斤左右。父亲生气了，训斥儿子说："上市卖的鸡，哪个不是想方设法尽快地使鸡变胖，而你小子却想着让鸡减肥，你小子脑壳有病。"张强却胸有成竹地说："爹，你生啥气，成本是高了，可这样的三黄鸡的肉却不会油脂肥腻，反而会更美味，上市时一定深受欢迎。"

张强每天仍然播放摇滚乐，鸡场的上千只鸡每天也沉浸在"奢侈享受"之中。

临近十月，县里要举办首届旅游节的消息传开了，张强十分兴奋，因为旅游节蕴藏着巨大的商机，这可是提高鸡场知名度的好机会。这天，他就兴冲冲到县政府打听情况，但打听完后，心又一下就凉了。原来许多厂家和商家也参与了进来，况且旅游节期间的展销摊位，是要收费的，他的鸡场刚起步哪能竞争得过人家企业？

张强闷闷不乐地回家，路过天虹小区时，忽然看见一群人像瞧热闹似的在围看着什么，而且还不时发出笑声。张强一好奇便挤了进去，看了一眼后不禁大吃一惊，原来是他前些时卖出去的一只外形健硕的公鸡竟被人当成了"宠物"，随着一阵迪斯科音乐，公鸡在场地中尽情甩动脖颈，搔首弄姿，引得众人称奇不已，鼓掌叫好。

张强看着，突然脑中灵光一闪，想到了他干过多年的县剧团。在首届旅游节期间，县剧团肯定会积极组织演出。张强心里有了主意，马上转身朝县剧团奔去。

不出张强所料，剧团周团长正紧皱眉头，与编导人员在办公室谈论旅游节演出的事儿，因为县领导说了，县剧团不能老是唱歌跳舞，这次节目要有"亮点"，一定要突出地方特色。张强在外面听了半天，见大家都陷入沉默，在为节目犯愁，便趁机把周团长叫了出来。他毛遂自荐地说："周团长，如果你信任我的话，我就组织一支土鸡'摇滚队',好好训练一下,到上台演出的那天,准让中外游客眼前一亮,拍手叫好!"

"啥,让土鸡表演'摇滚'?"

"是呀,三黄鸡属于咱们这地方特有,蛮有市场潜力。咱们通过旅游节宣传出去,既能体现地方特色,又能调动全县养鸡户的积极性,岂不是两全其美的事?"

"不错,这招挺新鲜的,还是你小子脑瓜灵活!"周团长连连点头,马上笑着表态说,"这样吧,等你的土鸡'摇滚队'训练得差不多的时候,我去鸡场看一下,真行的话,就上这个特色节目。"

于是,张强就赶紧回到鸡场,精心挑选出10多只三黄鸡组成了一支"摇滚队",第二天就投入了特殊训练。张强从中挑出一只极有灵性的公鸡领头,由于这些鸡从小就受音乐熏陶,很快学会跳舞、蹦迪。半个月后,竟能在张强手中短棍的指令下,耍起杂技,做出各种憨态可掬的动作,让前来验收的周团长忍俊不禁,大声称绝叫好!

转眼间,就到了县里举办的首届旅游节的日子,省内外的游客来了很多,还有不少外国游客,大街上熙熙攘攘,欢笑声一片,异常热闹。剧团演出也在县人民广场拉开了大幕。

演出进行一半时,土鸡"摇滚队"上场了,随着一阵强劲的迪士高音乐节奏,在张强的"引领下",羽毛艳亮丰润的土鸡们翩翩起舞。尽情地甩动脖颈、搔首弄姿,让观看的中外游客大开眼界,掌声、叫好声响成一片。

更让大家耳目一新的是,随着张强手中短棍的指令,这支土鸡"摇滚队"又倏然分开,在充满激情的乐曲声中,耍起各种杂技,翻筋斗,叠罗汉……更是赢得中外游客的阵阵喝彩,同时也将演出推向了高潮。

张强的鸡场一下出名了,不少的旅客竞先前来观光。上千只三黄鸡鸡蛋也成了"抢手货",尽管价格比市场上高一些,可大家仍很乐意购买,因为这是正宗的土鸡,甚至一些大酒店和宾馆也来订购……

旅游节结束的第二天,周团长来了,他高兴地告诉张强说,县里已经作出决定,将在全县大力扶持养三黄鸡,而且还要将你的土鸡"摇滚队",列为以后旅游节的保留节目。

看着父亲乐得合不拢嘴,张强心里也有了下一步打算,扩大养鸡场,尽快让三黄鸡走出国门,除了赚取外汇外,还要让外国人在餐桌上竖起大拇指,瞧,这是来自中国的地方特色鸡。

旅途情归处

孙大平是十五冶公司项目经理,一直在贵州六盘水搞水电工程。这天,他突然收到已经离婚了的前妻给他发来手机信息,说上初中的儿子昨天突然离家出走,不知去向?这一下就让孙大平的头皮炸了:

孙大平心中腾地冒出了一股怒火,原来前妻跟他离婚以后,带着儿子嫁给了黄石一个叫周全德的小老板。这家伙脾气暴躁,醉酒后经常打他的儿子。这次儿子离家出走,一定是因为受不了这个男人的虐待所致。心想,这一次,他一定饶不了这狗日的,一定要让他也尝尝拳头的滋味。于是,孙大平马上赶往六盘水火车站,搭上下午云南开往武昌的列车。

上车后,孙大平走进卧铺车厢,刚脱下外套,一个腿有点瘸、戴着护耳帽的老汉就进来了,还提着一个装有奶粉、奶瓶之类的袋子,在他身后跟着个胖老妇,背上还绑着一个遮盖严实的婴儿。

这对老年夫妇一个上铺一个下铺,孙大平一个下铺。列车开动后,车厢中另两个中铺和一个上铺仍没有人。孙大平打开水回来时,胖老妇背上的绑带已经松开了,婴儿被老汉抱在怀里,发出响亮的哭声，两只小腿使劲儿乱蹬！老汉显得手忙脚乱，想哄婴儿继续睡觉，却遭到胖老妇的一顿呵斥："就知道让宝贝睡，晚上怎么办？人家不用休息吗？"她接过婴儿，又吩咐有些木讷的老汉，"你到铺上睡会儿，等会儿换一下我。"

老汉拖着瘸腿正欲爬向上铺，就被孙大平阻止住了，他说："老伯，你睡上铺不太方便，就睡我的下铺吧。"

老汉愣了一下，看着拿出奶瓶的老伴，胖老妇显得很过意不去，说道："真不好意思，打扰先生了。该怎么称呼先生？"

孙大平笑了下，"以前在家里，妈妈总是叫我平儿，你们就叫我大平好了。"然后又看看她怀中吸吮奶瓶的婴儿，说道："这是你们的孙子吗，多大了？"

"等明天见到她妈妈，正好满两岁。"胖老妇亲了下婴儿。

"孩子的父母都在湖北工作吧？"

"我们在湖北咸宁车站下车，然后去阳新。"老汉瞥了胖老妇一眼，抢着说道。他露出一种兴奋与期待的眼神又问道："大平先生是湖北人吗，那你一定知道丰山了！"

孙大平点点头，"我们总公司在黄石。不过我没去过丰山，只听人说过那是个老铜矿区，到了阳新县城后，还要转车到富池，从那儿过江才能到丰山。"

"这么说，明天上午还到不了呢？"老汉不禁怔住了，愣了一会儿，扭头责问胖老妇，"你不是说到了阳新，就到了丰山……"

"丰山再远，还不是在阳新地界吗？你能不能少说几句。"胖老妇将奶瓶递给他，又用呵斥的口气吩咐，"放在茶几上去。赶快去睡会儿。"

于是，老汉便在孙大平的下铺躺下了，侧着身子，很快就发出很沉的鼾声。

孙大平和胖老妇仍然聊着，胖老妇说，儿子和媳妇在银行工作，多次想接他们去城里居住，但他们老两口习惯了山里的生活，这还是头一次出远门。孙大平也谈起已经去世的父母，父亲活着时，也是瘸了一条腿，母亲勤劳而能干，为了家和他操劳了一生。后来他工作后，父母每次从恩施山里坐车来看他，总会带一些腌干的柿饼，甜甜的，很好吃。如今，他再也吃不到那种香甜的柿饼了。这时候，他的手机突然响了，孙大平赶紧接起电话走了出去。

电话是前妻打来的，得知他正在赶回的列车上，既着急又忧虑，她用充满央求的口气，劝他别听信那些流言蜚语，其实周全德一直待她们母子不错，是个好男人。这次孩子出事都怪她平时太溺着儿子，另外，周全德正在四处打听儿子的消息，急得吃不下饭，等等。孙大平心里哼了一声，没等她说完，就关掉了手机。

由于列车晚点了，刚一过凯里车站，天就黑了下来。孙大平从餐车回来时，老汉已经醒了，正帮胖老妇料理湿尿布。孙大平爬到上铺躺下，胖老妇正轻声哼着的催眠小曲，孙大平听着很舒心，很快就进入了梦乡。

凌晨时分，列车在湖南境内行驶时，孙大平被一阵对话的声音给吵醒了，一个中年男人不知啥时候来的，正在一个劲埋怨胖老妇：

"妈妈，你和爸爸这次去湖北的事儿，为什么不告诉我一声？你们知道我心里有多着急吗！听说你们上了这趟车，我就赶快从长沙坐车过来了，总算找到了你们。"

"轻声点。"胖老妇看了看上铺佯睡的孙大平。于是，中年男人的声音便低了下来，"这是万祥的儿子吗？万祥家与我们家一直有仇怨，当年分田到户就是为一块山林的事儿，爸爸的腿才变成这个样子。"

"国民，前年万祥在矿上遇车祸死后，他刚满月的孩子没人抚养，我和你爸爸才收养了这个孩子。可上个星期，矿上领导打来电话，说万祥的媳妇又被查出患了绝症，临死前，她想看看自己的孩子。"

"你们也应该想想自己的身体。妈妈，您一直患有心脏病，爸爸20多年前就是个残疾人。正因为这样，你们的孙子从小我们都是请保姆带的。"

"国民，你妈妈说得对，"一直沉默的老汉开口了，"不要管人家以前对待我们怎么样，如今万祥家有难，我们能帮一下，就帮一下。再说万祥的媳妇没几天活了，她想看下自己的孩子，我们必须得帮帮她。"

气氛沉默了下来。

少顷，中年男子又说了起来："知道你们要去的地方有多远吗？下了火车后，得坐汽车走几个小时，中途还要乘船过江，眼下湖北正下大雪，就算一路顺利，恐怕也要晚上才能到。"

孙大平早已睡意全无。他看了下表，前面就是咸宁车站，这一家三口就要下了。为了能让胖老妇休息会儿，老汉和抱着婴儿的中年男人走了出去，并在外面低声商量起什么。孙大平很想起来，但他又怕惊动刚睡下的胖老妇，虽然仍装着熟睡的样子，心里却像滚沸了的开水无法平静……

列车终于缓慢停了下来。老汉和中年男子也进来了，他们唤醒了胖老妇，车马上要进站了，外面下着好大的雪。胖老妇接过中年男人手中的婴儿，让老汉重新绑在她背上。老汉轻声问胖老妇，"不跟大平先生打声招呼吗？""算了，这一路够打扰人家了。"出去时，老汉见门没关上，又伸手把门轻轻带上。

孙大平马上跳下床，看见茶几上放着两袋干柿饼，他又赶紧冲出卧铺室，跑到车厢门口，只见漫天纷扬的雪花中，中年男人脱下风衣，罩在背着婴儿的母亲头上，又搀扶了一下身后瘸腿的父亲，迎着凛冽的寒风，一家三口朝着出站口处走去。

孙大平的眼模糊了。列车开动后，他回到卧铺室，望着两袋干柿饼陷入了沉思。这时，手机突然响了，他听到是前妻兴奋的声音，已经打听到儿子的下落了。儿子是和两个同学瞒着家里的人，到九宫山看竹海雪景，周全德开车去接儿子正在回来的路上。

孙大平仍然一声不吭关了手机。其实，他心中的怒火早已经平息了，此刻他想到的是早一点到达武汉，到达黄石，然后买上一瓶好酒，在这个暖意融融的冬天，与儿子的另一个爸爸敞怀痛饮……

最后的一班岗

苏兰是县人民医院的医生。抗击非典的战斗在全国打响后，她受命来到地处川、鄂边界的莲花镇设立的临时卫生检查站，每天对来往两省的旅客与车辆进行严格测温和消毒。到目前为止，已经有6名非典疑似者，被苏兰送进医院隔离观察起来。

这天傍晚时分，目送着最后一班客车离开莲花镇，苏兰心里松了口气。她已经在这里战斗20多天了，再过一个小时，她就将完成神圣的使命，将重担交给接替她的战友，而明天是儿子盼盼满五周岁的生日，她终于可以回县城和家人在一起团聚了。

苏兰打开了手机，想和丈夫通话，但她的脸色却一下就变了，原来手机上正在滚动着一则信息：有个到广东打工的四川青年，叫郭保顺，因患非典被送进一家医院接受治疗，三天前逃出医院，而该院有五名医护人员已被他感染，其中护士长昨天病逝……

苏兰看着眼湿了，心情也变得异常沉重，自从广东发现首例非典以来，全国已经有不少白衣天使受到感染，有的甚至还献出了宝贵生命啊！苏兰又想到自己，虽然即将离开这地方，但自己一定要坚守职责，决不能麻痹大意，要认真站好最后一班岗。

"嘟——"这时一辆装着猪崽的货车，鸣着笛驶进检查站。开车的司机是个矮胖子，见苏兰检查了他的卫生放行证后，又要检查车上的猪崽时，脸上露出紧张神色，马上阻拦道："这是运送四川某县的一批良种猪，有啥好检查的，别耽搁我赶路的时间。"

说着，矮胖子司机就钻进驾驶室，就在他发动引擎的一瞬间，苏兰突然听到几声微弱的咳嗽声从车上的猪崽堆里发出来。苏兰马上跳上公路，拦住即将开动的货车，"停下，停下！"矮胖子司机只得停下，垂头丧气地跳出驾驶室，并冲车上骂道："妈的，你还是老老实实下来吧，这下连老子也受到牵连了！"

矮胖子骂声刚落，从猪崽堆里就窜出一个青年，他脸色苍白，飞快地从车上跳下来，然后像惊兔般地沿着公路的另一侧拼命奔跑。

苏兰马上紧紧追赶起来，公路前面正好又两个行走的山民. 苏兰对他们喊道："快，快拦住他，别让他跑了！"

两个山民闻见喊声，以为迎面跑来的青年是个贼，便奋勇抓住了那个狂跑的青年。没想到这青年却像受伤的野兽，他瞪着眼，凶声地吼道："老子患有非典，已经是黄土埋到脖子的人，你们不怕死就抓吧。"

"哎哟，我的妈！"两个山民顿时像似被毒蜂蜇了一口，吓得赶紧松开了这青年，躲到了一边。等到苏兰气喘吁吁赶到时，那青年已钻进路旁的密林丛中消失了。

苏兰马上掏出手机，向县和镇领导汇报了这一紧急情况，然后就只身追进密林中寻找。但苏兰对这一带地势并不熟悉，只听镇上的人说，这密林里经常有野兽出没，今年初春，就发生过野狼闯进镇里叼走羊的事。她在密林丛中寻找了一阵，仍不见那青年的踪影，此时，一条色彩斑斓的蛇，正盘在她头顶的树枝上，但苏兰并没有感到害怕，此刻她只有一个信念，就是尽快找到逃进密林中的青年，这个人十有八九就是从医院逃出的郭保顺。苏兰冷静思忖了下，如果这个青年真的是郭保顺，那么他的身体一定很虚弱，不会逃多远，肯定就躲藏在附近什么地方。

果然，在通往山岭的一条小路上，苏兰发现了几张冥纸，是烧香拜佛的人撒下的。她心里不禁一动，莫非附近有山神庙？苏兰精神顿时一振，马上沿着小路攀上山岭，果然就看见了一座废弃的小庙，可能是遭到过雷雨的袭击，小庙有一半已经坍塌了。苏兰刚一走进废弃的庙院门，就听见了一阵剧烈的咳嗽声。

在昏暗的殿堂角落里，那青年脸色苍白地躺在一堆乱草上，当看到苏兰出现在面前时，他惊坐了起来，凶狠地吓唬道："我是从医院逃出来的，身上携带有SARS病毒……难道你不怕死吗？"

苏兰的判断没错，眼前这青年就是郭保顺。苏兰边露出微笑，边走近青年，"别激动，来，躺下，让我先给你量量体温。"

谁知青年一下子跳了起来，用双手掐住了她的脖子，咆哮道："如果不是你拦车检查，明天中午我就能赶回家，见到和我相爱五年的女朋友，你知道吗，她父母知道我患了非典后，不准她去广东看我，而且还强迫她跟另一个男人结婚……"

青年绝望地喊叫着，苏兰几乎被他掐得喘不过气。突然，青年松开了手，"卟嗵"一声跪在她面前，哭着央求地说："大姐，你就放我一马吧，让我赶回家去跟所爱的人见最后一面，我给你磕头，我求求你了！"

苏兰扶起痛哭流涕的青年，露出怜悯的神色，同时又坚决地摇摇头，"不行，你得马上随我到医院进行隔离治疗。"

青年一听又露出凶狠得目光,但随即又消失了,他颤抖抖地从衣袋掏出一沓钱,双手递给苏兰,"大姐,这是一千元钱,算我送给你的'买路费'。我在广东打工打了三年,攒了一万多元钱,为了能尽快地赶回家去,我给了那司机三千元钱,如果大姐嫌钱少了的话,我就再给大姐加两千元,只要你放我走……"

"我是医生,在我的眼中生命永远最珍贵。"苏兰严肃看着面前的青年,"你现在是携带SARS病毒者,如果我放你回家,你不仅会传染给你的父母、全村的人,还会传染给你所爱的女朋友。"

"我现在顾不了这多,必须赶回家,我不能看着自己所爱的人成为别人的妻子。"青年痛苦地喘息着,也越说越激愤,"我到广东辛苦打工了三年,为的是什么?不就是想多攒几个钱,与所爱的人结婚,能够过上幸福的生活吗!"

"可你想到其他人的幸福没有?"苏兰马上打断,语重心长地说,"你从广东医院逃离出来,无论是在饭馆,还是在车上,同你接触过的人都有可能受到你的病毒感染。这样就会一传十、十传百……这种严重后果你想过吗?"苏兰说到这里,看看神情怔住的青年,脸色显得沉重起来,"你也许不知道,你所住过的医院,就因为有五名护士与你接触过,现在已经患上非典,其中护士长已病逝……"

"什么?"青年露出吃惊的神色,连声地追问,"这是真的吗,你是怎么知道的?"

苏兰掏出手机,打开手机上的信息,让青年自己看。青年看着呆怔住了,显然心灵受到强烈震撼,他不禁泪如雨下,哽咽地对苏兰说道,"我住院期间,她们无微不至地照顾我,安慰我,可我……我简直不是人,我不是人啊!"

青年由于激动过度,突然身子一歪,倒在草堆上,并且呼吸也越来越急促。苏兰摸了下他的脉搏,马上把他扶了起来,毅然背起他,吃力地走出庙门。这时候,附近有手电光在晃动,原来搜寻的人们找来了,苏兰大声阻拦着大家,"不要靠近我,当心传染——"

苏兰从背上放下苏醒过来的青年,搀扶着他走出了漆黑的森林,上了停在公路旁的救护车。想起明天是儿子的生日,苏兰打开手机,给丈夫发了一则短信:"亲爱的丈夫和儿子,因为我与一名非典者有过接触,很遗憾,我将被送到医院隔离和观察,明天不能和你们团聚。"

很快,远在县城的丈夫也用手机回了短信:

亲爱的苏兰,

明天是儿子的生日,虽然你不能回来,但你已经给儿子送了一份最好的礼物,你不仅挽救了一个非典病患者,也使所有的人增添了战胜非典的信心,我为有你这样的妻子感到骄傲,儿子为有你这样的母亲感到自豪!

苏兰看着,看着,脸上充满了幸福的笑容,想到非典的战斗还远没有结束,她感到肩上的担子又沉重起来。

街头杂记两则

一

街头公园新竖了一尊铜塑,是个头发花白戴眼镜的老人,右手端着一本书。

没过几天,老人手中的书被"敲"掉了,"拎"上了一袋装满瓜子壳和果皮之类的塑料袋。

又过了几天,塑料袋没了,老人手上插上一块标有红箭头的小纸牌:"看性病,右拐 1500 米小巷内——"

二

熙攘的小街上,多年来都是如此,酒店紧挨着美容店,美容店紧挨着私人诊所,私人诊所紧挨着花圈店。

几家店的生意比较起来,花圈店最为冷清,但店老板心里有数,那些频繁进入酒店,又频繁进入美容店、私人诊所的客人,最后一次消费必定在他的花圈店。

爷孙卖石榴

又到了石榴上市的季节。

往年这个时候,总是一个老汉戴着草帽,挑着筐子满街转悠,有时还到居民小区吆喝、叫卖:"我家树上摘的石榴,又红又大又甜哟!价格便宜,两块三毛钱一斤!"

下午老汉回去时,筐子里总还有一些没卖出去的。

今年却不同了,卖石榴者是一个模样文弱的年轻人,也不是用筐子挑着,而是一辆镶有玻璃框的小推车,停在熙攘的街头一角。六块八毛钱一斤,车上还挂着几幅放大的醒目彩照。

这几张彩照其实是广告,除了头一张是远近闻名的龙窿古寺外,其余几张则是古寺四周石榴树生长的景色,其中还有几棵长在石缝上。让人马上想到,年轻人卖的石榴产于佛门。

这年轻人的嘴也很甜,老年人来买石榴,他会笑着说:"大妈,看你一脸的福相,一定是多子多福。多买两斤吧。"新婚夫妇来买石榴,他会笑着说:"有情人终成眷属,一生不仅幸福美满,日子也会像石榴一样越过越红火。"学生来买石榴,他会笑着说:"大凡中外名人,都有一颗像石榴般的智慧大脑,好好努力,将来一定能考上清华北大。"等等。

年轻人这些贴切、恰到好处的吉祥语,让买者就像一大早到佛殿抽到一支上上签,谁个不高兴呢?也没人讨价还价,还会对这年轻人投出几丝好感的目光。

当年轻人卖完石榴后,以前总挑着筐子叫卖的老汉出现了,年轻人便把钱如数交给他,然后推起空车一起回家。

原来,这年轻人是老汉的孙子,在一所大学攻读心理学博士学位,利用暑假回来探亲的。老汉显然还没有想通:"石榴还是以前的树上所结,并没有什么两样,为啥孙子就很快卖出去了呢?"

"爷爷,我卖的是人们精神上的一种渴望和需求,更重要的心灵上的满足。真的,就这么简单。"年轻人最后这么笑着对爷爷说道。

婚姻与筷子

这天为去幼儿园接女儿的事儿，我和妻子又争吵了起来！一气之下，我回到工人村父母家中，他们正准备吃晚饭，桌上也没有什么菜，一盘西红柿炒鸡蛋，另一盘是中午吃剩的茄子和豆角。

我爸已经退休，仍没闲着，每天在街头帮人修车补胎。我爸语气平淡地问我，"咋你一个人回来，没吃吗？"

见我点了下头，我妈起身进厨房，炒了盘青椒肉丝端上来，又将那盘炒鸡蛋搁在我面前，我爸已盛好饭，端起那一盘剩菜，先朝自己碗里拨了一大半，少许拨到我妈碗里。我妈却夺下我爸的碗，将自己碗里的剩菜拨出，又挟了点鸡蛋递给我爸，"你胃痛的毛病犯了，剩菜少吃点。"

我爸也不吭气，接过就吃了起来。

我爸我妈性格内向，多少年都是如此，他们总是做的多说的少。我从小开始，就没吃过剩饭和剩菜，每天吃的喝的都是新鲜的，而所剩下的菜，哪怕就是一点鱼头和残汤，也是这样被他们相互拨到碗里"消化"了。

一点剩菜也不肯浪费，父母老了两双筷子还要一起分担。

要是往常，我不会在意父母这种筷子之间的"细节"，可是今天不经意之间，我的心头像似被苹果刀狠剜了一下，想到我和妻子的婚姻，才几年时间，就闹得家不像家，经常为一点家务琐事儿发生口角，"离婚"两个字也成了口头禅。这日子还能过得下去吗？我回来本想向父母好好诉一下苦的，此刻却难以启齿，我也是有妻儿的人了，生活条件远比父母优越，可为什么总要父母分担我们的不快与烦恼，而不是我们儿女替父母分担呢？

如果从结婚的那天开始，我这个大男人少去酒馆海喝，深夜少看一场意甲足球转播，像我爸拨剩菜一样多干一点，替妻子多分担一点，哪怕冬天洗尿布多冻一回手指，日子过到现在，谁说妻子手中的筷子不会像我妈一样让我感到温心呢？

从来就没有吃过什么剩菜，两双筷子从来就没有相互分担的家庭，注定缺乏夫妻之间的和谐、和睦，也不可能有长久的厮守。

我终于忍不住了，接过我妈手中的碗，用手中的筷子，将剩菜全部拨到了我碗里。

多拨一点剩菜给自己，只是举手之劳。

牛皮癣

小刘是个财迷,只要听到谁有发财的门道,就削尖脑袋钻进去。这晚他到大李家串门,听到大李老婆的哭声,"都是你这牛皮癣,传染了我和儿子,害得老娘这回丢人又亏钱。"小刘一听吓了一跳,大李有牛皮癣?这可糟了,昨天洗澡,还用过他的毛巾,身上顿时感到痒兮兮的。

小刘转身准备走时,又听到大李的吼骂声,"他妈良心叫狗吃了,也不摸胸口想想,没老子的牛皮癣,家里彩电、儿子的学费从哪来?你和儿子去喝西北风吧!"

小刘站在门外听呆了,牛皮癣还能赚钱?大李还真鬼得很,明天得用酒灌灌他,探听个虚实,看他是怎么利用牛皮癣发的财,自己今后也就多了一条发财门道。

第二天下班后,小刘就死活将大李拖进酒馆,还特意弄了间包厢,边斟酒边埋怨地说:

"你李哥发财,也该让我老弟沾点腥嘛!"大李却愁苦着脸,"我哪有啥发财之道?你别听人家胡说八道。"

"你还鸭子死了嘴巴硬,那好,我问你,昨晚你和嫂子关着门吵啥?"

"这、这——"大李像似一下被问住了,支吾半天答不上来。

小刘马上又得意地晃晃脑,索性挑明,"你们家的彩电,还有儿子的学费,是不是你靠牛皮癣赚来的。快快从实招来!"

大李愣了一下,像似明白了什么,对盯着他的小刘连连摇头,"千万别打牛皮癣的主意,我劝你死了这条心吧,这财发不得。"

"有什么发不得,不就是染上牛皮癣吗?"小刘满不在乎,又拍拍大李的肩,"如今医学发达,等赚了钱再治也不迟嘛。"

见小刘软硬兼施,死缠活缠,大李急了,只得从衣兜里掏出一大把五花八门的"广告",朝桌上重重地一拍,"既然你这么想发牛皮癣的财,你就拿去发吧。"

"哈,这就是牛皮癣?"小刘一下吃惊地睁大了眼。

"怎么不是。"大李站起来没好气地说:"街头巷尾、楼上楼下、屋前屋后到处张贴,不是城市眼下流行的'牛皮癣'是啥?"

原来这段时间,大李为挣点"外水钱",通过不正当的渠道,帮一些私营厂家张贴"广告",老婆见钱来得快,也带着儿子干上了。不料昨天下午,老婆又带着提糨糊桶的儿子到处张贴时,被工商部门的稽查队抓到了,按有损市貌的条例,不仅处罚500元,而且还命她将张贴的"牛皮癣"全部收回擦净,不然还要给予重罚,所以老婆回家就和他……

还没等大李说完,小刘吓得赶紧声明,"这财我不发,不发了!"

第五辑·上帝只会施舍一次

多斯潘彩狼

如果不是一次偶然机会，在叔叔家看到几张触目惊心的照片，多斯潘的人生将是另一番光景。

照片上被猎杀的是一群他从没见过的狼，尽管血淋淋的，却掩盖不了它们身上呈现的红、黄、黑和白色的斑块。它们活着时，动作一定比羚羊矫健，色彩斑斓的皮毛比老虎还要耀眼和美丽。从当航拍员的叔叔讲述中，他头一次听到彩狼的名字，它们是千百万年由狼进化而来的，又名叫南非猎犬，是非洲荒原上非常善于捕猎的食肉动物。由于人类从不停息地捕杀，或偷猎，非洲彩狼所剩无几，离灭种的厄运不远了。

这年他大学刚毕业，优异的成绩原本可以留校任教的，父母也给他提供了足够的资金，相信他办企业和公司一定能够成功，女友则盼望与他踏上婚姻的红地毯……然而有一天，他对父母和女友说，他想去探望远方的一位朋友，便背上装有照相机的旅行包出门了。

从那以后，这个叫多斯潘的年轻人杳无音信，似乎在这个世界上消失了。

直到 20 多年后的一天，已经满头白发的父母，忽然收到一个沉甸甸的包裹，是从非洲南部的萨比国家天然公园邮寄来的。包裹里装的是上万张彩狼的各种照片，一台老旧照相机、还有一本写满思念亲人的笔记本。父母才知道儿子的下落，为了拯救濒危的彩狼，那年他孤身一人去了非洲南部，风餐露宿，历经千辛万苦，从寻找到第一只彩狼开始，他就再也没有放下手中的照相机……

20 多年中，为了拯救濒危的彩狼，他曾与偷猎者、或各种野兽进行过殊死搏斗，也曾被彩狼咬伤过。20 多年中，为了找出萨比荒原上究竟还有多少彩狼，他与当地很多人交上朋友，发动和请求他们，发现彩狼或马上拍摄下来、或告诉他准确的时间和地点，他再去寻找和追踪，因为每只彩狼都有独特花斑，他已经能辨认大部分彩狼和彩狼群。

非洲彩狼岌岌可危，比南非钻石还稀少，不足 400 只了。也正是他提供的这些照片，引起科学家们的忧患和呼吁，政府才下决心建立萨比国家天然公园，彩狼也因此获得了新生，迅速壮大和兴旺起来。不幸的是，多斯潘被疾病夺走了生命，人们在野外掩体找到他的遗体时，他手中还紧紧握着照相机，附近的一群彩狼不肯离去，一直在高声悲鸣……

多斯潘把生命永远留在了非洲。他拍摄了上万张珍贵照片，没有一张是他自己的，更没有一张亲人的。人们为了怀念他，把萨比国家天然公园的彩狼，称为"多斯潘彩狼"。

搁置的白岛

得知父亲考察了马顿岛,甚至不惜一切代价,竞拍到该岛一百年使用权的消息后,诺丁伦兴奋极了,马上从纽约赶赴马顿岛,因为父亲约他到岛上见面。

诺丁伦喜欢航海环游。还在两年前,他就发现马顿岛犹如一颗镶在海上的翡翠,极具旅游业价值,一旦投资开发出来,将来一定能与著名的夏威夷媲美。而且,凭诺氏家族雄厚的财力不会有任何困难。父亲却不太感兴趣,只要他回家提起马顿岛,总会把话题岔开,打听他在大学的一些情况。现在好了!父亲终于发现了马顿岛潜在的巨大价值……

这天夕阳下,诺丁伦和父亲在岛上散步,海风无比凉爽,小岛上一片郁郁葱葱,景色美极了。父亲拄着手杖,慈爱地看着他,"孩子,这地方属于诺氏家族了,谈谈你对小岛未来的设想吧。"

诺丁伦抑制不住兴奋,作为诺氏家族的继承人,他早就勾画好了一幅小岛的远景图。"爸爸,我想花10年左右的时间,把马顿岛打造成世界著名的旅游胜地。这两年内,先建造最豪华的小别墅,让全球那些超级影星、球星及名模，夏日从各地来岛上避暑。当然，还有您眼前的这片海滩，将会建成一个天然迷人的浴场。

见父亲缄默不语，深邃的目光在凝视着什么，诺丁伦抬头看了一下，随着黄昏的降临，只见附近那片郁郁葱葱的小山头，渐渐变成了一座壮观的"白岛"。原来，那是上万只海鸟栖息之地，白天它们出外觅食，傍晚成群结队地飞回来。

"爸爸，"诺丁伦马上又抑扬顿挫地道，"当绮丽多彩的夕阳消失海面时，游客倚栏眺望，翠绿的小山变成白色的岛时，那该是一幅多美的景观啊！也一定会让无数游客流连忘返……"

"不！孩子。"父亲摇起头，终于打断了儿子的话，"一旦这里变成了你的旅游胜地后，'白岛'就消失了！知道吗，来自世界的游客与小别墅、高尔夫球场和码头，还有无休止的噪音及污染，会使海鸟们失去它们赖以生存的乐园！"

看着惊愕住的儿子，父亲稍顿了一下，声音也有些嘶哑了，"在你还小的时候，爸爸曾干过一件蠢事，承包了一段高速公路的修建工程。没想到那是一条蛇道，每年七八月份，就有成千上万条蛇通过那地方。由于隔断了它们的'通道'，那一年，不仅屡屡发生蛇伤人的事件，而且在以后的几年中，当地粮食歉收，老鼠泛滥成灾……"

这时候，两只白头鸥鸣叫着飞了过来。小岛以前没有人迹，它们一点也不惧怕，有一只小的竟然将父亲的肩头当成树枝，一边轻盈地飞落下来，一边悠闲啄起身上羽毛。

诺丁伦呆了一呆，看看抓住肩头鸟儿、亲昵抚摸的父亲，"爸爸，我不明白，既然你已经想到了这些，为什么还要耗资几千万美元，将你根本就没打算开发的小岛买下呢？"

"孩子,是你上次的话提醒了我,既使我们放弃了,还会有别的投资商买下它,因为马顿岛太适合旅游业了,没有人会放过这块'蛋糕'的,才促使爸爸来这地方考察。"说到这里,父亲缓下步,凝望着两只翩舞飞向"白岛"的海鸟,自语地道,"不错,诺氏家族完全有能力把这里变成世界最好的旅游热点,可海鸟们的家怎么办,以后它们到何处繁衍后代?此外,还有每年迁徙的无数候鸟……"

"爸爸,难道以后我们仅有马顿岛的守护权,而让它永远就这样闲搁着吗?"诺丁伦喃喃地问道。

父亲点了点头,面色十分凝重,"孩子,你一定要记住,牺牲人类朋友的利益,最终是危害了人类自己的利益,人类为此付出的代价还少吗?"

诺丁伦没有再问了。

第二天一大早,父子俩离开了马顿岛。

很多年过去了,马顿岛仍然是诺氏家族永远的"禁区",至今仍然是海鸟们的乐园。

最后一只渡渡鸟

1507年,葡萄牙人远征非洲,登上马达加斯加岛的那一刻,一种大鸟就注定了它悲惨的命运。

当葡萄牙人的枪声四下骤起,岛上居住的土著人、及其他有腿的动物到处逃命时,只有这种大鸟不知道危险,煽起它们热情的翅膀,引颈鸣叫,像往常一样迎接远来的客人。直到无情的子弹打倒它们,锋利的刀割开它们的喉管……

这种大鸟就是非洲著名的渡渡鸟。

几万年前,马达加斯加岛气候温暖,到处是郁郁葱葱的森林,渡渡鸟就迁飞到这里安家了。它们以树下的果实和昆虫为生,由于没有什么野兽出没,也很少有猛禽来骚扰,它们的种群兴旺起来。况且,茂密的树冠像一把绿伞,替它们拦住寒冷冬天与炎热的夏季,它们的翅膀开始退化了,体重增加,变成了一种不会飞的鸟。

渡渡鸟天性善良而温驯,它们的祖先栖息树上的时候,从来不会欺负比它弱小的动物。以后岛上有了土著人的足迹,炊烟。它们又与他们和睦相处,一直持续着亲密而友好的关系。直到殖民主者的侵入，给它们带来死亡的气息和恐惧，而且，灾难与厄运还仅仅是开始。

在以后的100多年中，渡渡鸟的栖息地一迁再迁，先是从茂密的森林被赶出来，以后沼泽地又不容它们安身，殖民主义者除了占领外，已经把打渡渡鸟当成了乐趣，当成餐桌上不可少的美味。

殖民主义者把渡渡鸟当成佳肴，也刺激了狗的胃口，一见到渡渡鸟就穷追不舍，甚至连野猪也趁火打劫，不仅吃幼鸟，还吃渡渡鸟的蛋，吃光了就把巢拱得乱七八糟，而渡渡鸟只能在一旁悲鸣，从来就不知道用它们钩形的黑色大喙攻击……

狗和猪随着环境改变了习性，渡渡鸟却无法改变它们的天性和善良，对人类仍然没有一点戒备之心，面对追杀的枪和子弹，除了束手待毙外，不知道躲避和藏匿。赶尽杀绝，非洲已经没有它们立足的地方了。

1681年，在毛里求斯一个叫奥里的小镇旁，出现了一只孤独的渡渡鸟，它身上伤痕累累，烈日之下，被一群闻见血的苍蝇追逐着。显然，它是从很远的地方一路艰难走来的，寻找着它昔日的家、及离散的亲人和伙伴，它不停地悲鸣着，随着风沙卷起的黄尘，消失在无尽头的荒野之中……

这是人类最后一次见到渡渡鸟。

从那以后，毛里求斯岛上再也见不到比人类历史还早的渡渡鸟，整个地球上也不见它的踪迹。

如今，在乌得勒支、维也纳博物馆保存下来的，仅只有一些渡渡鸟的骨骸，始终没有一只完整的标本。而印在国际动物保护组织会徽上那只渡渡鸟，只是根据画家对它的写生而已。

渡渡鸟，人类永远的痛！

墓碑上的泡泡糖

那一年,美国南部遭受大灾害,当洛杉矶的街头出现募捐站时,第一个捐款的却是一个蓬头垢面、拖着一条残腿的年轻流浪汉。

这个流浪汉叫斯加特,父母死了后,无依无靠的他一直以乞讨为生。这天,斯加特得到一个英国游客给的100美元,他已经挨饿两天了,但他没有走入餐馆,也没有装入口袋,而是抚摸了下手中稍皱的钞票,然后,一瘸一跛地走向募捐站,将这100美元投入了箱内。斯加特的这一"善举",感动了现场所有的人,赢来一片掌声和眼泪,也深深感动了一位叫叶迪逊的富翁……

第二天,叶迪逊让人把斯加特找去,开门见山地说:"年轻人,昨天你的行为感动了我,一个残疾人有如此博爱的心,难能可贵。我想帮助你,让你过上受人们尊重的另一种生活。"说着,递出手中一张填好的支票。

斯加特却没有接,叶迪逊稍怔了下,说我明白了,你并不想金钱的帮助,是想有自己的事业?见斯加特点点头,叶迪逊露出了笑容,马上问:"你说吧,想经营什么的企业或者公司,需要多少钱投资？"

斯加特说出了自己的打算，他并不想经营企业，是想办一个送纯净水的公司，当时在洛杉矶这是一种新行业，投资少，有一万美元就可以了。可是，利润却微薄，每一桶水只能赚到一颗泡泡糖——

"什么，只有一颗泡泡糖的利润？年轻人，你为什么不选择一个更赚钱的项目呢？"

"叶迪逊先生，我清楚我的能力，办一个送水公司可能更适合我，而且，我也希望能从一颗泡泡糖的利润赚起。"斯加特说到这里，看看叶迪逊，脸有些红了，目光里却充满了一种自信，"世上的任何财富，都是从一点点积累起来的，我相信叶迪逊先生您也是这样，就像大海经过无数年的容纳，才有了自己澎湃的涛声。"

"不错，年轻人，你说得对极了！"叶迪逊连连点头，高兴拍了拍斯加特的肩，"我想你一定是上帝财产的管理人，你已经让我看到了你的'财富'，你一定会成功的。"

在富翁叶迪逊的帮助下，斯加特办起送水公司，赚起微不足道的一颗泡泡糖的利润生意。时光很快在人们不经意间流逝过去了，20多年以后，美国富翁榜上出现了斯加特的名字，此时的斯加特不仅经营房地产、餐饮业、还涉足金融界……

而且，每年一到圣诞节期间，流浪在洛杉矶的乞丐们，都会收到一位名叫"圣诞天使"的捐款，帮助他们度过一年中最寒冷的冬季。又过了很多年，人们才知道不留名姓的"圣诞天使"，原来就是斯加特，不幸的是他患了绝症，临终前，他将亿万资产捐给了慈善事业。

斯加特却对自己很吝啬，他死后，人们在他的墓碑找来找去，除了他的名字外，只刻有一颗不起眼的泡泡糖……

阿姆斯的珍宝

阿姆斯到英国继承父亲的遗产前听说父亲是个大富翁，给他留下了一笔巨额财产。

可他来到伦敦以后才知道，父亲只有郊外一幢带阁楼的老房子，而且很少有人知道父亲的名字。但阿姆斯对此并不在意，还在他很小的时候，父母就离异了。母亲带着他回到墨西哥，在一个海边小镇过着清贫生活。两年前母亲病逝后，父亲辗转找到了他，想带他一起回英国去，但阿姆斯拒绝了，因为他已经成了家，也习惯了小镇的生活。

父亲的老房子一点儿也不起眼，墙皮剥落，院墙和房顶爬满了青藤。要说有什么特别的话，就是房内堆满了老式家具、彩陶和青花瓷器，还有一些油画、小提琴之类的东西。

阿姆斯想卖掉这所老房子，回墨西哥去买一条属于自己的捕鱼船，这是他多年的愿望。

很快，就有买主陆续上门来了。

让阿姆斯感到沮丧的是，买主们到房子里转了一圈儿后，不是摇着头，就是流露出失望的眼光，有的甚至一言不发就走了。

快半个月了，房子仍然没有卖出去。

这一天，来了一位头发花白的老者，他拄着手杖在房子里转了一圈儿出来后，问阿姆斯想卖多少钱？阿姆斯说："老先生如果看中的话，我可以便宜一点，25万英镑。"

"什么，25万？包括房子内的那些东西吗？"

阿姆斯点了点头，马上又说："如果您嫌价格高的话，我可以再便宜一点，20万英镑怎么样？"

老者怔住了，盯视他几秒钟后，突然愤怒起来，"简直是暴殄天物！难道大收藏家埃里一生所收藏的珍稀之宝，连同房子一起只值20万英镑？"

老者激动之下，把阿姆斯拉进房子，边指点边介绍："看到了吗？这套古典家具来自沙皇的俄国皇宫，那只青花瓷瓶产于中国元代，去年拍卖到3000万英镑！还有阁楼的那些名贵油画、小提琴，全都出自像梵高、斯特拉底瓦里那样的巨匠之手。可以说，这房内和阁楼的每一件东西，价值都在20万英镑之上。"

阿姆斯完全惊呆住了，原来，父亲确实留给了他一笔巨大而惊人的财富啊！

阿姆斯很快了解到老者身份，他是伦敦博物馆的馆长，叫马泰尔，也是父亲埃里的老朋友。听说老朋友突然猝死，老朋友的儿子要卖掉郊外这幢带阁楼的老房子，他于是匆匆赶来了。

"这些无比珍稀的藏品，是你父亲耗费了一生心血、常年在世界各地奔波，倾尽埃里家族的所有资产买来的。"马泰尔馆长说到这里，顿了一下，"有关这一切，难道你父亲从来没有告诉你吗？"

阿姆斯喃喃道："对不起先生，父母离婚以后，母亲就带着我去了墨西哥。对于父亲在这里的一切，我了解甚少，而母亲从来不提起父亲，不知为什么，她一直到死也不肯原谅父亲。"

说到这，阿姆斯的眼圈儿红了，"但今天我终于明白了，这几十年来，父亲为了得到他梦寐以求的收藏品，不惜任何代价，甚至舍弃了妻儿家庭……我为他感到悲哀。"

马泰尔馆长叹了一口气，"不错，除了这房子和阁楼上的这些藏品外，你父亲的确再没有什么了。"

马泰尔馆长临走前告诉阿姆斯，即使是国家博物馆，目前也没有这么大的财力买下他父亲的这些珍稀之宝，他请阿姆斯慎重考虑一下，明天他还会来。

第二天上午，马泰尔馆长果然来了，问阿姆斯考虑好了没有，还是坚持要卖掉这幢带阁楼和那些珍宝？见阿姆斯点点头，他马上又问："那现在你准备卖多少钱呢？"

"20万英镑。"

马泰尔馆长一怔，"什么，还是20万？"

"是的，我考虑了好了，觉得这个价格非常适合这幢老房子。"阿姆斯推开紧闭的窗户，表情平静而淡然地说，"我是在贫困中长大的，对财富从来没有过多的奢望。我的妻子昨晚打来电话，说她已经和船厂联系好了买船事宜，20万英镑足够了，她盼望我早一点儿回去。"

"我明白了！"马泰尔馆长呆了一下，马上激动起来，"难道，你是想将你父亲的这些藏品全部捐给博物馆？"

"不错，它们不应该是属于我们父子的私有财产，博物馆才是它们最好的归宿。"

阿姆斯又看看马泰尔馆长，感慨地道："父亲虽然拥有数以千计的瑰宝，可是最后，他什么也带不走，甚至身边没有一个亲人。比起父亲，我已经很满足了，因为我有父亲一生都不曾拥有的珍宝——一个温暖而完整的家。"

上帝只会施舍一次

基恩看守猎场 30 年了，早已厌倦了猎场生活，但他无法离开，因为他欠了猎场主人沃尔卡很大一笔钱，究竟是多少，恐怕连他自己都记不清了。

沃尔卡当年贷款买下猎场时，还不如有住宅和车的基恩富有。但沃尔卡从不放过每一笔有可能赚钱的机会，经常请商界的那些人，到猎场狩猎与消遣……几年以后，沃尔卡在生意场上声名鹊起，而基恩沉溺于赌博，连住宅和车也输掉了，成了沃尔卡猎场的看守人。

30 年过去了。有一天，基恩听到消息，沃尔卡患了不治之症，基恩心里不安起来，沃尔卡为人不仅吝啬，还是个出了名的"记账富翁"，尽管他记不清究竟欠了多少钱，但沃尔卡的账簿上一定记得一清二楚。沃尔卡活不长了，死之前会要我还清全部的债款，基恩心里这样想着。几天后的一个下午，沃尔卡果然来到猎场找基恩，拄着一根手杖。没等基恩开口，沃尔卡就声音嘶哑着说："基恩你知道吗，我的健康很糟糕，医生说我不久要到另一个世界去了。"

"我已经听说了，这的确很糟糕。"基恩忙打断，看看面容苍老的沃尔卡，又吞吐地道，"沃尔卡先生，我知道你一定会来找我的。不过你知道，我真的无法偿还您的钱。"

见沃尔卡盯着他，摇了摇头，基恩的脸涨红了，"沃尔卡先生，我不会赖账的，就是您不在人世了，将来我会还给你的儿女——"

"不不，就是我死了，我的儿女也得不到什么遗产，他们已经生活得很好了，财富不应该集中在少数人手里。"沃尔卡稍顿了下，看看呆怔住的基恩，"我今天来猎场，是想最后一次跟你算下账，因为在我死之前，我决定将我的财富捐给慈善事业，当然，还有像你这样需要改变命运的人。"

沃尔卡又露出几分怜悯的神色，"基恩先生，本来我应该把这座猎场给你的，遗憾的是，这些年你因赌博所欠下我的钱，正好是猎场的这笔数目。你要相信，上帝对于任何一个人都是公平的，只会施舍一次。"说着掏出账簿，把欠债人基恩的名字划掉了，又拍下基恩的肩道："这座猎场的新主人将是护林人洛克，如果你愿意在这里干下去的话，我想洛克一定很高兴。"

夕阳下，沃尔卡拄着手杖蹒跚地走开了。

基恩突然痛哭流涕起来，看守猎场30年来，其实他可以利用借沃尔卡的这些钱，干出一番事业，而不需要上帝的施舍，过上像以前那样的富有生活，然而他却彻底输掉了！最可悲的是，连自己的命运，也要靠人家的恩赐……

墓碑旁的那只信箱

在一次大学校园枪击案中,耐克为了掩护老师和女同学,身上多处中弹,伤势十分严重,被警方送往医院抢救。

医生竭尽了全力,但还是看着一个跳动的脉搏越来越弱,一个鲜活的生命将被死神无情地夺走。耐克的母亲感觉天塌了下来,悲伤欲绝,18年前丈夫弃她而走,如今,含辛茹苦养大的儿子又要离她远去了。

"回光返照"的那一刻,耐克终于醒了过来,第一句话就是询问老师和同学们的安危,当他听说有个同学——需要换心脏才能活下去时,耐克吃力地对母亲说:"妈妈,把我的器官捐献出去吧,它对我已经不重要了,但需要它的人正等着。"

母亲忍着悲痛,点了点头,"孩子,还有什么……妈妈都会答应你的。"

"妈妈,"耐克又用极其微弱的声音,"您知道吗,爸爸上个星期来找过我,他对过去伤害你的行为深感内疚和忏悔。您能原谅他吗?我原想等大学毕业——有了工作后,让你们重新走在一起,因为，你们是给了我生命的两个最亲最爱的人。"

"孩子你别说了！我、妈妈答应你。"母亲泣不成声，将儿子一只手紧紧贴在她的脸颊上。"妈妈，请您原谅我，这也是儿子最后的一次请求，儿子死后，请您在儿子的墓碑旁安一个信箱。"

母亲终于再也无法抑制内心感情了，扑到儿子身上失声痛哭起来，"耐克，我的好儿子，你为什么……就没有想到你自己呀！"

"妈妈，到天堂的人一定很多，路途也一定很遥远。"耐克说到这里，目光渐渐散神，手也变得冰凉起来，但他的脸上一直带着微笑，喃喃地说，"他们需要一个、像我这样的'信使'……"

21岁的耐克就这样平静地走了。

耐克被葬在市郊一座陵园。按照儿子的遗嘱，母亲在他墓碑旁安了一只比水晶还透明的信箱。从这一天开始，来陵园的人络绎不绝，有在校的老师、学生，有老年夫妇、初恋的情侣，不管认识或不认识的，他们在耐克的墓前献上一束鲜花，然后给"天堂信使"的信箱里投下一封封字迹不同的信，有的诉说人生的不幸和烦恼，有的则深情缅怀，还有的忏悔自己不堪的岁月……

永远盛满信笺的透明信箱，四季风雨之中陪伴在墓碑主人的身旁。9年过去了，"天使"信箱始终是陵园最让人难以忘记的风景。

耐克的父亲也回到了妻子身边。他们每个星期总会来到儿子墓前，打开信箱，帮助儿子料理并回复这些信件。儿子耐克赢得了社会的尊重，同样，他们作为父母更要尊重每一封写给儿子的来信，关注徘徊于天堂与地狱之间的迷途者。这也是一种爱，一种不可缺少的社会责任。

爱的力量能唤醒社会，人们尊重的一定是那些值得他们怀念的人！

人生没有废头发

今年 56 岁的埃费尔，接到哈佛大学的来函，邀请他去这所著名学府讲鸟类学。

埃费尔并非什么知名教授，也不是鸟类学这方面的专家，除了姆拉西镇的人外，根本就没有人知道埃费尔，他只是这地方的一名护林员。

消息传开以后，大家都来祝贺埃费尔，老镇长斯帕卡也满脸喜气的来了，小镇多少年来还没有一个到哈佛大学讲学的，埃费尔不仅要站在这所著名学府的讲台上，给老师和学生们讲课，而且还被授予"名誉教授"，这可是姆拉西镇的骄傲和荣光啊！

埃费尔本人也根本没有想到，他对老镇长说，自己受此殊荣心中有愧，因为，镇上有很多人都比他干得好，例如像退休女教师弗玛、兽医恩布莱等等，应该让他们站在哈佛大学的讲台上。老镇长摇了摇头，生气起来，说："埃费尔先生，你年轻时曾是一个对自己缺乏自信的人，现在不同了，在属于自己的荣誉面前，你不应该这么谦虚。"

埃费尔的脸一下红了起来。是呀，年轻时他雄心勃勃，非哈佛、剑桥名牌大学不读，结果，屡考不中，遭到这一番挫折以后，埃费尔就对自己的人生失去了信心。特别是恋爱了几年的女友跟他分手之后，他更是心灰意懒，变成了一个缺乏自信的人，而且不到30岁的时候，他的头发也全变白了。

跟埃费尔同时代的年轻人，都像鸟儿一样从小镇飞了出去，都有了自己的事业和温馨的家庭。只有埃费尔一事无成，直到32岁那年，老护林员退休了，他才有了这份不起眼的工作，也成了家，老镇长把自己的一个堂侄女介绍给了他。

埃费尔开始与山林和山林的鸟儿朝夕相处。

那年夏季的一天，他巡视山林时无意之中发现，阳光的照耀下，枝头鸟儿所筑的爱巢掺有不少银白色的废头发。这让他十分吃惊。原来，埃费尔自30岁头发白了后就像染了一样全部变成银白色的，浓密而柔软。奇怪的是，妻子每次帮他理毕，扫在院角的废头发很快就不见了。埃费尔并不以为然，此刻他才明白了过来，是鸟儿将他的废头发一根根衔到林中来了，筑了它们舒适的爱巢。

鸟儿竟然对自己的头发"情有独钟"，埃费尔高兴极了，这不经意间的"发现"，对他无疑是一种莫大的鼓舞！从那以后，埃费尔仿佛变成了另一个人，他买了很多有关书籍，刻苦自学和钻研鸟的这门学问，为了掌握各种鸟类的生活习性，他经常一个人蹲在山林中，用望远镜细心观察，甚至用镜头记录下来，作为资料保存的日记就有100多本。

鸟儿成了埃费尔的生活全部，而且，他还多了一份义务，向镇上居民和孩子宣传爱鸟的知识。以前镇上的人对一些鸟儿有偏见，认为它们损坏庄稼，甚至凶狠啄伤人等等。埃费尔则通过自己所拍下的珍贵镜头，向大家展示鸟儿情感世界的另一面：一只灰喜鹊死了，它的几个伙伴站在旁边，一只悲伤的走近它，用嘴巴轻轻地啄它，另一只也用这种方式表示"哀悼"。接着一只飞走了，它嘴里衔着一根草飞回来，把草轻轻地放在死去的伙伴旁边。其他的也马上衔来草，编织成一个小小的"花圈"。最后，在尸体旁边"默哀"一会后，才一个接一个地飞走……

埃费尔的家也成了鸟儿的"救护站"。每年十月到十二月份，大批候鸟从北方迁徙来的时候，埃费尔更是忙碌，早出晚归，除了细心观察候鸟的生活习性外，并将一些不能飞动的病弱、受伤的鸟儿带回来，悉心喂养，鸟儿的欢叫声也让埃费尔忘记了劳累，他的内心每天都充满了快乐！直到最后一只痊愈的鸟儿飞向蓝天。

20多年过去了，在埃费尔的努力和呵护下，姆拉西镇成了鸟的乐园，就连一些濒临灭绝的鸟儿也飞来落户了。

"镇长先生，说真的，"埃费尔回想到这里，从头上拔下一根银灿灿的发丝，不禁感慨万千，神情也变得凝重起来，"鸟儿们喜欢用我的头发筑巢，不仅让我重新找回了信心与事业，也打开了我心灵的天窗，只要我努力了，奋斗了，人生就没有废头发，一定有它的用途和价值。"

"埃费尔先生，你说的太好了！"老镇长露出笑容，并意味深长地说，"我想不用我再多作解释了，这就是你为什么能登上哈佛大学讲台的最好答案！"

不动产的"财富"

父亲没有给亨肖留下什么遗产，要有的话，也只是巴尔小镇上的那处古老的房屋。

亨肖从小就和母亲生活在伦敦，从来就没去过巴尔小镇。现在他继承了这份遗产，尽管他大学还没有毕业，但不能不去看看，同时，他也想解开埋藏心中的一个疑团，那就是父亲为什么没有把那处古老的房屋卖出去？

这天，亨肖来到冷清的巴尔小镇，因父亲一直雇有人看管，经常修缮，因此房屋还保存着原来的面貌。让亨肖感到吃惊的是，这处古老的房屋竟然是澡堂。而且，澡堂中曾有被漆过的石膏墙壁、装饰讲究的屋顶瓦片和安装于地板下的供暖系统。

看管人告诉亨肖说，这处古澡堂建于公元90年，是当时为给罗马士兵提供沐浴场所，由当地人所修建，后来曾因山崩被埋在地下。10年前重被挖出后，被亨肖的父亲买下了，原以为能转手卖个好价钱，不料卖了多少次，无人问津。所以，也就一直保留了下来。

"想想也是，在这么一个偏僻的小镇上，买一个废弃千年的古澡堂，有什么用，值吗？"看管人说到这里，叹了一口气，又摇摇头走开了。

亨肖却兴奋了起来，年轻人的人眼光总是看得很远。以后的半个月，他往返于伦敦和巴尔镇之间，到博物馆查阅有关资料，请朋友们出主意，然后，雇来当地的一些工匠，将千年古澡堂彻底修缮了一番……

一切就绪以后，亨肖又亲自写了如下的一段广告词：

"巴尔是一个小镇，没有什么名胜，但却有一个对您开放的罗马时代的古澡堂！"

广告在电视播出以后，马上就有了效应，很多人抱着好奇心，开车来到巴尔小镇，领略千年古老澡堂的风貌。小镇也一下变得热闹起来了！

一个废弃千年的古澡堂，父亲屡次没有卖出去，却在亨肖的手上变成了一笔不动产的"财富"。

地窖的那一扇门

摩西家族曾经在英国显赫一时,但等到马歇尔成为继承人时,却只剩下一座破败的老庄园了。

不仅如此,父亲还给马歇尔留下了不少债务。他从法国回来料理父亲丧事的那天,老管家悲哀告诉他,除了这座暮气沉沉的庄园、两只牧羊狗和十多只鸡,还属于摩西家族外,昔日一个兴盛的家族已经完全衰落了。

马歇尔也很痛苦、沮丧。但他很快又振作起来,让老管家帮他一起清理庄园,看看父亲究竟给他留下什么财物?老管家摇着头,不停地唠叨道:"孩子,摩西家族不可能有别的财富了,你父亲是一个败家子,总想到赌场上碰运气,值钱的东西早都被他变卖了!"

果然,马歇尔查找了几天,连一块旧时的银币都找不出来。

马歇尔仍不甘心,这天他走入一处爬满野藤的矮房,看了一下,只见暗处中有两扇通往地下的门,门上铜环都长出了绿锈。这是摩西家族以前贮酒的地窖,从马歇尔的爷爷开始,就被废弃和遗忘了,也从来没有人打开和进去过。

马歇尔便打开了一扇门,举着马灯走了进去。

地窖内十分干燥,到处布满了尘埃和蛛网,堆放的皆是上世纪遗留下的各种杂什物。马歇尔发现,左墙角除了一排酒箱外,还有六条包裹严实的破旧布袋,他打开一看,原来布袋内包裹的是琴盒。此外,还压着一张发黄的纸条,显然是摩西家族某一位前人留下的,上面写着:这六把小提琴,是我花 3000 英镑从一个意大利的年轻人手中买来的。我相信,这个年轻人制作的每一把小提琴,将来都极其珍贵和价值连城。

马歇尔呆了一下,轻轻拂去每只琴盒的灰尘,心也怦怦地狂跳起来,六只琴盒上都刻着一行小字:1710 年—1725 年,斯特拉底瓦里制。

斯氏可是世界上最著名的制琴家呀,如今一把 1710 年间斯氏制作的小提琴,可以卖到几百万美元啊!

马歇尔兴奋极了,在这个岁月尘封的地窖内,前人似乎专为他这个年轻的继承者——积累了另一种"财富",六把斯氏制的名琴。尤其让马歇尔惊叹的是,还在斯氏未成名之前,摩西家族的人就以独到的眼光,并用最低的价钱买下他精心制作的琴,让岁月来证实其珍贵和价值。

正是因为打开了地窖的那一扇门,才使已经衰落的摩西家族在马歇尔手中很快又兴旺了起来。

一个人的小镇

在美国西部两州交界处,有一个不起眼的小镇——白石镇。

20年前,这个地处偏僻的小镇,因有一条老铁路将小镇与外界连接一起,镇上几十户居民并不感到寂寞,房屋建筑也很漂亮。没想到这几年,老铁路由于连年亏损,不仅停止运营,而且被拆除了。镇上的居民开始外迁。到了最后,只剩下漆匠布格斯一家了。无论妻子儿女怎么动员,布格斯就是不愿意离开故土。他说小镇是我的根,我就留守在这儿,替大家看着房屋,以后你们回到小镇还有一个家。

布格斯就留守下来,开始过上一个人居住一个小镇的生活。

这位漆匠每天早上起来时,仍像以前一样,喊着妻子的名气:"亲爱的妮娅,今天报纸送来了吗?早餐就一杯牛奶和两块面包吧。"走出家门时,会照常跟邻居打招呼,"约翰大叔,今天的天气真好,是该将房子修理修理了。"走到镇一家小杂货铺前,会拍打几下门,"凯文你这个懒鬼,都啥时候了,还不打开店门……"走到琼斯老太太家门口时,会拍下脑袋,像想起什么喊道:"琼斯老太太,你托我买的东西，我已经交代给我儿子，他下星期从曼凯托市回来，您放心好了。"

到了晚上，布格斯又打着手电，带着狗在小镇巡视，谁家的门被风吹开了，他会小心关上，屋顶的瓦被掀了，第二天一早，他会搬来梯子重新添上一块。没有人要求布格斯这么做，但他认为，小镇是大家的，只要他在这里生活，就要尽一份责任和义务……

时光荏苒，就这样过去了七年。初秋的一天，有一支野外勘探队路经白石镇，看到小镇那些粉刷得漂亮的房屋，听见鸡狗和羊的欢叫声，就停车来到镇上歇息。让大家吃惊地的是，全镇只有漆匠布格斯一个居民，当然，他们也受到这位漆匠的热情款待。

很快，一个人与一个小镇的平凡事迹传开了。

布格斯为小镇作出了贡献。当地政府也很快决定，任命他为白石镇镇长。并按月发给他一份津贴。

不仅如此，《吉尼斯大全》也把这位漆匠的事迹收集了进去，因为他是世界上唯一只有一个居民的镇长。

上帝的眼睛

阿迪和女友坎娜到美国后才发现，美国街头的秋枫虽好看，其实与泰国的树一样，长不出钞票来。他们又辗转来到费城。

阿迪想租个便宜房子住，安下身来找工作，坎娜则仍梦想着天上掉馅饼，能意外地发笔横财。没想到，他们还真碰上了这种好运——有个叫泰郎的人在报上登出启事，说明在市郊外他有农场，还有一幢小别墅，如果有人想居住，可找他面谈。

阿迪和坎娜来到郊外，农场的环境果然十分宜人。四周树木蓊郁，一幢沐浴在阳光里的别墅被绿水环绕着，空气中散发着花草的幽香，彩蝶、蜜蜂不时翩飞，一切如在画中。坎娜兴奋地说："这里简直就是天堂！"

泰郎是个满头华发的瘦弱老人。得知这对年轻情侣来自泰国，他马上露出了笑容。泰郎原是菲律宾人，40年前随哥哥一起来美国淘金，哥哥病死在西部矿区后，他流落至此。这儿的主人原是鲍尔夫妇，已去世30多年了，泰郎只是受他们的委托，守护和料理他们遗留下的这些财产。

泰郎说，鲍尔夫妇生前十分善良，做过很多善事，他们留下农场和这幢小别墅，为的是帮助命运不济的人。但他们也有一个条件，就是每隔20年，他们财产的守护者要向肯什陵园汇寄一笔公墓管理费。鲍尔夫妇就葬在那座陵园，还有他们很小就夭折了的女儿。他们希望一家人躺在那儿永远不再分开。

"孩子，我必须向你们说清楚，这里的一切财产都属于鲍尔夫妇，没有继承权，只有管理权而已。"

"泰郎先生，"阿迪沉思了一下问，"既然你受委托帮鲍尔夫妇料理遗产这么多年，怎么现在——"

"傻瓜，这还不明白吗？"坎娜嗔怪地瞪了阿迪一眼，"泰郎先生现在老了，需要有人陪他说说话儿。"

"不，不，"泰郎摇起头，捂住胸口剧咳了起来，原来他患了绝症，剩下的日子不多了。看着怔住的阿迪，泰郎又缓缓道，"糟糕的是，当年我曾对鲍尔夫妇承诺过，即使我不在世了，也一定会找个比我更合适的继任者。如果不这样，我的灵魂将永远得不到安宁——没有比这更可怕的了！"

"泰郎先生，您已经知道我们的情况了。我们在这无亲无故，而且也没有什么可以抵押。"阿迪难以启齿地说。

"你们无需任何人担保，也不需要什么抵押。"泰郎拿出一本《圣经》、一串锃亮的钥匙说，"这是鲍尔夫妇生前常读的《圣经》，只要你们把右手按在上面，庄重地起一个誓，就可以得到我手中这串别墅钥匙了。"

"我们应该怎么起誓？"坎娜惊喜交加。

"很简单，承诺今后一生必须做到上述的一切。"

不料，阿迪没有马上起誓，反正刨根问底起来："在我们之前，难道就没有别人来过或起誓遵守这个承诺？"

"有不少人来过，但最后又都走了。因为，他们觉得难以做到，也无法用一生来完成这个承诺。"泰郎看看阿迪，又言归正传地说，"好啦孩子，我想该是你们起誓的时候了。"

坎娜兴奋得满脸通红，马上把右手放在了《圣经》上，阿迪却显得踌躇难决。坎娜急了，催促道："你还愣着干什么？快一点呀！"

阿迪没理睬她，而是望着泰郎慈父般的脸以及他手中那一串钥匙。突然，他脸涨红了，下了决心似的摇了摇头，"泰郎先生，很抱歉，我不能起这个誓！"

"为什么？"

"就像之前来过的那些人一样，我觉得自己难以做到，无法用今后的一生来完成这个承诺。"阿迪稍顿了下，避开泰郎的目光，喃喃地说，"因为，我们是偷渡来美国的……"

说完，阿迪向老人深鞠了一躬，拉着坎娜快步离开了。

返回小旅店的途中，坎娜再也忍不住了，她满脸怒气地大声斥责阿迪，"你这个傻瓜，蠢猪！为什么你要拒绝起誓？那老头已经没几天活头儿了，他死后，那里的一切就属于我们了，我们不就踏进了天堂——"

"知道吗？我们面对的是一双上帝的眼睛！"阿迪终于愤怒了，他盯着坎娜大声说，"良知告诉我，做不到的事，永远不要去承诺！你……太让我失望了！"

第二天早上，坎娜醒来，还想劝说阿迪改变主意，谁知阿迪早已离开了……

麦　穗

那年是个四月，谢瓦里夫为反对有污染的工厂在巴图姆镇投建，与镇上的人一起拒绝搬迁，被抓去关了两个多月。

等到谢瓦里夫放回时，地里的麦子由青泛黄，沉甸甸的，风吹过像金色的波浪般一片一片地起伏，再有几天就可以驾驶收割机收割了。谢瓦里夫心里充满了喜悦，因为在镇民们的强烈抵制下，有污染的工厂被迫另移别处投建了，他可以像往年一样安心收割地里的麦子，享受丰收带来的快乐。

不料收割的这天，镇上忽然来了几个"不速之客"，拿着微型探测器，镇里镇外、河边或地头麦田探测了一番后，挡下谢瓦里夫的收割机，劝告他说，不要收割了，这地方的环境和河水，以及麦子全部受到污染，连牲口都不能喂养了。

"什么，这地方的河水和麦子受到污染，连牲口都不能喂养……什么污染这么严重？"谢瓦里夫根本就不相信，用嘲笑的眼光看着他们。

"大叔，你知道邻省核电站吗？"一个戴眼镜的年轻人开口了，他是这个调查组的组长,叫比亚波夫。

"当然知道,当年建那个核电站时,政府说以后用电价钱会下降,结果电费还涨了几分钱。"看着神色严峻的比亚波夫,谢瓦里夫揩了下脸上的汗,又漫不经心地问道:"那个核电站怎么啦?"

"一个月前,该电站发生核泄漏事件,"比亚波夫看看围拢来的镇民们,心情既复杂又沉重地道,"我只能告诉大家,由于地理和风向及河流的关系,这地方被严重核污染了!总之,你们最好离开这地方,搬迁到别的地方生活。"

谢瓦里夫听着差点笑了起来,"比亚波夫先生,这怎么可能,小镇离出事的核电站相距几百公里,坐车要一天多时间,如果污染真有这么严重,为什么天空看不到一丝飘浮的黑烟,河水没有刺鼻的异味,麦穗仍然像从前一样颗粒饱满呢?"

比亚波夫的脸涨红了,没等他作出解释,谢瓦里夫又继续嘲笑道:"虽然我不懂什么核泄漏,但你们之行的目的我已经知道了,你们是为此地那些官员当'说客'的,他们为了自己的利益,什么事儿都干得出来。"

在场的镇民们也都笑了起来,他们和谢瓦里夫的想法一样,出事的核电站离这儿远隔几百公里,情况真有这么严重的话,政府为什么不在第一时间发布消息?这一定是当地官员使的"花招",见大家反对他们在镇上建有污染的厂子,让这几个人装扮什么国家核事故调查小组来吓唬……

谢瓦里夫不相信,镇民们也不相信,仍然忙碌着收割地头的麦子。

这天傍晚,在离开巴图姆镇时,比亚波夫找到谢瓦里夫家中,"大叔,有很多情况我不便于说,也不能说。但是你一定要听从我的劝告,核电站泄漏事件,将比战争造成的后果还可怕,它不仅会带来很多死亡，还会带来各种致命的疾病，高加索已经没有天堂了！你要尽快地和大家一起搬迁和离开这地方。"

看着不作声的谢瓦里夫，比亚波夫稍顿了一下，"听说半月前，镇长全家以及一些有钱的人都离开了巴图姆镇？"

"不错，镇长全家移民去了美国，有钱的人去了莫斯科或别的城市。"谢瓦里夫皱了下眉，无奈中叹出一口气，"如果情况真像你说的这么可怕，镇上大多数人世代居住在这地方，靠种麦子为生，又能搬迁到何处？"

这时外面响起喇叭声，比亚波夫要走了，匆忙中他留下了通讯地址，对谢瓦里夫说："大叔有什么需要我帮忙的话，及时给我联系。"

25年就这样过去了。

比亚波夫也几乎忘记了谢瓦里夫。这天他到单位上班，传达室有一件从巴图姆镇寄给他的包裹，里面没有什么，就一口小木盒，盒内装有一束金黄的麦穗，另外还有一封几页长的信，再看写信人的名字，比亚波夫才猛然记起来，是谢瓦里夫寄给他的：

亲爱的比亚波夫先生：

当你收到给你寄来的麦穗时，我也许不在世了，都是当年那场该死的核泄漏事件，夺去了我妻子和小儿子的生命，而核污染所带来的疾病，在我体内潜伏25年也复发了！医生说我活不到麦收……

比亚波夫看到这里，心里不禁一阵战栗，因为谢瓦里夫还在信中悲哀地讲述，核事故调查小组走后没多久，镇上的大小牲禽像是得了瘟疫陆续死去，天空也不时坠下大白鹭、灰蓝山雀等死鸟，各种可怕的怪病也蔓延开了！尤其是白血病，造成很多人痛苦死去，他的妻子和小儿子就是死于这种疾病。环境被污染了，河水和田地被污染了，以前每年种的麦子都会出口，如今白送都没人要，也不敢喂养牲口，眼睁睁地看着烂在地头。

让比亚波夫感到更心酸的，是谢瓦里夫信中最后的一段话："25年了，可怕的灾难也许结束了，我看到许多黑鹳、白尾雕又飞了回来，发出欢快的叫声！河里也有了成群的野鸭。一定是巴图姆镇的环境得到自然改善。所以，我抢在死神之前播下麦种，没想到长得这么好，我想你一定会与我分享这份喜悦的。

看着盒内黄灿灿的麦穗，比亚波夫再也抑制不住了，泪水夺眶而出，痛楚中啜嚅地道："大叔，核污染带来的疾病在你体内潜伏了25年，但你知道吗，要想完全消除环境和土壤的核污染、以及所造成的深重灾害，至少需要一百年时间啊！"

有嫌疑的梯子

接到沃丽太太的报案电话，警官纳贝尔就赶快驱车来了。

其实也不是一件什么大不得了的案子，沃丽太太怀疑邻居偷窥她洗澡，因为昨天傍晚她洗澡时，无意之中发现，邻居莫夫的院墙上伸出小截铝制的长梯，正好对着她家的浴室，当时她吓坏了，赶紧穿上衣服……

"沃丽太太，这梯子放在哪儿有多长时间了？"

"不知道，肯定是莫夫那个色鬼昨天偷窥我洗完澡后，忘记搬走的。"沃丽太太一脸气愤地说道。

"这么说，"警官纳贝尔马上斟词酌句地说，"你并没有看到他偷窥你洗澡……对不起，我是说确凿证据。"

见沃丽太太点头，警官纳贝尔感到有些尴尬，本想说邻居把梯子放在自家院子并没有违反什么规定，警察没有权力干涉的理由，但话到嘴边又忍住了。他走上前说："沃丽太太，请你放心，明天早上你就看不到令你生厌的梯子了。"

警官纳贝尔便来到沃丽太太的邻居家。40多岁的莫夫，正在修剪院内的花草，纳贝尔就盯着墙边的梯子看起来，果然是铝制的，能伸能缩，十分轻巧。上面还有用红漆写的园艺所的字样。

"警官先生，你今天光临我的小院，有什么事吗？"莫夫有些疑惑地问道。

警官纳贝尔像似没有听见，仍皱着眉像似在思索什么。

直到莫夫问到第三遍时，警官纳贝尔才慢吞吞开口了："没什么莫夫先生，我只是为调查一只有嫌疑的梯子来的？"

"什么，有嫌疑的梯子？"

"不错，"警官纳贝尔环视了一眼爬满葡萄青藤的院墙，"据说昨天，有一只梯子摆在不合适的位置，而梯子的主人也许看到他不该看到的——"

莫夫似乎一下明白过来，脸也涨红了，忙解释说："警官先生，这些花草是我妻子生前留下的。因为院墙上攀附的葡萄藤叶太多，所以昨天下班时，我就借回来这梯子……我说的都是真的，这绝对是一场误会。"

"警官先生，还有一点我必须说明，沃丽太太家浴室的玻璃是反光的，外面的人爬得再高，也无法看到里面。"莫夫补充地道。

"你不用解释了，莫夫先生。"警官纳贝尔稍顿了下，拍拍莫夫的肩："我一进来看见你忙着修剪花草，就知道是怎么回事了！问题是沃丽太太，她搬迁到这里之前，曾受到过这方面的骚扰……"

警官纳贝尔又笑着道："当然这不是你的责任。我想说的是，莫夫先生既然能剪去这些多余的青藤蔓叶，让遮盖院墙的阴影自然消除，为什么就不能主动一点消除邻居之间的误会呢？"

说到这里，警官纳贝尔抬起右手，向莫夫郑重敬了一个礼，然后转身缓缓走开了。

悬崖上的小旅馆

离婚才一个月,工作多年的公司又解雇了他,雄田万念俱灰,想到了远离尘嚣的富士原始森林——每年,很多人就是在那儿自杀而找到了归宿。

这天,雄田来到当地小镇,雇了一辆出租车。司机叫吉野,可能是平时见惯了来这里自杀的人,他面无表情嘟咕道:"前几天,我还送了一个东京来的……"

两个小时后,目的地到了。雄田一下车,立刻感到一股阴森之气从林中袭来,他抬了下头——林子上方可见一处陡峭的悬崖,那里隐约坐落着一幢白色的房子,一群白鸽带着哨音正朝白房子飞过去。

雄田问:"那是什么?小别墅吗?"

吉野仍无表情地答道:"是家小旅馆。"

"小旅馆为什么要建在悬崖上呢?"

"如果你觉得这事有趣,自己登上去看看。"吉野稍顿了下,又声音冷漠地说,"到另一个世界去也不在乎这点儿时间,能满足下自己的好奇心或弄明白一件事,至少会减少一点儿痛苦和遗憾。"

吉野开车走了。悬崖上那隐现的白房子，仍像云雾般让雄田感到迷离，真的是小旅馆吗，那片风景中还潜藏着什么呢？雄田犹豫了一下，最后还是耐不住好奇，沿着幽林中的羊肠小路向陡峭的悬崖攀登上去。

正午时分，雄田才到达悬崖上的白房子，人也几乎累瘫了。果然是个小旅馆，屋旁两棵溢香的樱花树正在怒放。老板是个中年女人，还有位老妇人据说是她母亲，另外一个则是喊她"妈妈"的小女孩。

雄田早已饥肠辘辘。在旅馆登记后，女老板把他带到厨房，原来凡是来小旅馆的游客，喜欢吃什么，就自己动手弄。雄田尴尬地站着，不知道怎么弄。女老板笑着说："雄田先生，你在家从没干过这些事儿，对吗？"

于是，女老板给他做了一碗荞麦面条，雄田觉得好吃极了！他想到离异的妻子——一起生活了10年，她不知给他做过多少碗美味的面条，可他一句感谢的话都没说过，有时还冲妻子大发脾气……

稍休息了会儿，雄田走出小旅馆，几条小径显然是靠人工一点点修整出来的，陡险的一侧还扯有铁索。小女孩正在赶偷食的鸟儿，原来，在岩石丛的凹处种有菜秧。雄田摇了摇头，因为凹处里只有一点点土壤。

"叔叔，您是担心长不出来吗？"小女孩冲他欢快地说，"妈妈说石头缝儿里能长出树和草，也能长出好吃的青菜。"她瞥了一眼在近处觅草的两只山羊，又得意地说，"我养的，明年这时候，母羊会生下许多小羊，我也能上学了。"

"是吗？"

小女孩点点头："妈妈说了，要送我到最好的学校读书。她每个星期都会去看我——"

雄田的心像被什么猛蜇了下,想到上小学的儿子,尽管不在他身边了,但他答应过儿子每周六带他去动物园或去科技展览馆看机器人。今天正好是星期六,儿子一定很失望……

天慢慢黑了下来,雄田回到客房时,老妇正将一桶热水吃力地倒入浴盆,还替他准备了一套睡衣。见他进来了,老妇只是慈祥笑了下,蹒跚地走了出去。雄田的眼睛不禁湿了——母亲活着的时候,也是这样不声不响地照顾他,他已经很久没有感受到这种温暖了!他也已经知道,小旅馆平时所用的水全是靠从悬崖石缝中一点一滴渗下来的,有时,两天也接不了一桶。

雄田一觉醒来时,已是翌日中午了。他走出小旅馆,登上一块突兀的岩石远眺。灿烂的阳光下,富士山无比巍峨壮观,绿色的林海苍茫无际,飘逸的雾气中,隐露着各种树花,姹紫嫣红,景色美丽极了。雄田心潮澎湃,突然,他发泄般迸发出一阵喊叫,激起的回荡久久不息……

第三天早上,雄田已在下山的途中。他看到有两个失魂落魄的男子,显然不是一路的,正各自沿着不同路径,向悬崖上的小旅馆吃力攀登。

雄田知道下山以后没有载他返城的出租车了——司机们将那些寻死的乘客送到林海,明知不可能再载到什么人返程就会立即返回了。

没想到,雄田刚走出森林,就见路旁停着载他来的那辆的士,像似专门等候他回去。吉野那张冷漠的脸上,也充满了微笑,主动地向他打招呼,"雄田先生,你好,我们又相逢了!"

说着,接过雄田手中的旅行包,"到过悬崖上小旅馆的人,有不少会重新走出这片阴暗森林的。"

"不错,"雄田感慨万千,忽然像想起什么,满脸狐疑地问,"您怎么知道我会从原路返回呢?"

"因为人生只有这条路。"司机吉野意味深长说着,望了下天空,一群鸽子在头顶盘旋了一阵后,又飞向悬崖上的小旅馆方向,撒下的哨声清脆而悠远。

雄田呆了一下,喃喃地说:"我明白了,吉野先生,你与悬崖上小旅馆一定有什么关系,而且这几年来都是这样。"

"是的,您看到的那位老妇是我的母亲,另一个是我的姐姐,你看到的那个可爱小女孩其实是一个孤儿——我父亲、姐夫都是在这片森林自杀的,四年前,小女孩的父母也是在这儿结束了人生……"

吉野说到这里,看看陷入沉思的雄田,眼睛湿了,"人生就像攀悬崖,只要你登上去了,站在高处,会发现,美好的事物其实就在离你并不遥远的前方……"

"赶快上车吧,我再送你一程……"